Elvea Verlag

W0046940

Foto: g.h.pictures

Norbert J. Wiegelmann

geb. 1956 in Bochum, wohnhaft in Arnsberg, verheiratet, Vater zweier erwachsener Töchter. Verwaltungsjurist.

Buchveröffentlichung: ›Tag des Zitronenfalters‹, Kurzgeschichten, chiliverlag 2014.

Daneben Veröffentlichung von Lyrik und Kurzprosa in über sechzig Anthologien verschiedener Verlage sowie in Zeitungen und Zeitschriften. Reiseberichte in Zeitungen, davon zwei in der deutschsprachigen namibischen ›Allgemeinen Zeitung‹. Glossen und Buchrezensionen in juristischen Fachzeitschriften. Außerdem Fotoveröffentlichungen in Büchern und Zeitungen. Diverse Rundfunkbeiträge, u.a. 1986 Live-Rundfunkgespräch in der WDR 3 – Kultursendung ›Mosaik‹ zum Thema: ›Hauptsache, veröffentlicht. Merkwürdige Praktiken des Literaturbetriebs‹

SVENS

FANTASTISCHE REISE

Durch die Weiten Namibias

von

Norbert J. Wiegelmann

Elvea Verlag

Besuchen Sie uns im Internet:

www.elvea-verlag.de

Veröffentlicht im Elvea Verlag
Chemnitz, März 2016
© 2016 bei Elvea Verlag
Alle Rechte vorbehalten.
Das Werk darf - auch teilweise - nur mit
Genehmigung des Verlages wiedergegeben werden.

Lektorat: Barbara Gertler
Fotos: Norbert J. Wiegelmann
Grafik/Layout: Uwe Köhl

ISBN 978-3-945600-84-9
Printed in EU

Für meine Töchter Beatrice und Miriam

Ständig fragen mich Leute: »Wie war die Reise?«
Und ich kann immer nur denken: Ich bin doch
noch unterwegs.
Vielleicht ist aber auch das schon eine Lektion.
Als wäre das Leben eine Reise, ob man sich der
Bewegung bewusst ist oder nicht. Sie sind un-
terwegs. Ich bin unterwegs. Wir alle.

(David Menasche, Davids Liste: Was bleibt,
wenn ich gehe)

Inhaltsverzeichnis

Vorwort

Grundlage dieses Buches sind drei von mir in den Jahren 2007, 2008 und 2009 unternommene Urlaubsreisen durch Namibia, wobei die Reise 2008 noch weiter über Botswana bis nach Simbabwe zu den Victoria-Wasserfällen führte.

Von der Faszination, die das Land, seine Landschaft, seine Menschen sowie seine Tier- und Pflanzenwelt, auf mich ausgeübt hat, möchte ich etwas vermitteln. Ziel war es, für ein junges und junggebliebenes Publikum ein gut lesbares Reisebuch zu schreiben, wobei vor allem Empathie für die Bevölkerung Namibias spürbar werden sollte.

Da aus einer Reihe von Gründen zwischen Abschluss des Manuskripts und fertigem Buch ein längerer Zeitraum verstrichen ist, stellt sich einiges, was im Buch erwähnt und beschrieben wird, mittlerweile anders dar.

Dies mögen drei Beispiele verdeutlichen:
1. Das Reiterdenkmal in Windhoek, ehemals Nationaldenkmal, ist inzwischen nicht nur zu einem einfachen Museumsstück geworden, sondern auch nicht mehr an seinem angestammten Platz; dort steht jetzt das Denkmal des namibischen Gründungspräsidenten Sam Nujoma. Die unmittelbare Umgebung hat sich ebenfalls verändert: Neu sind das Unabhängigkeitsmuseum sowie das Genozid-Denkmal.
2. Die Jetty, Wahrzeichen von Swakopmund, ist in der Zwischenzeit auch in ihrem zweiten Teil restauriert worden; an ihrem Ende befindet sich nunmehr ein Restaurant.
3. Seit dem 21. März 2015 ist Hage Geingob Namibias dritter Staatspräsident.

Derartige Entwicklungen habe ich bewusst nicht mehr eingearbeitet; darunter hätte die Authentizität der auf meinem eigenen Erleben beruhenden Handlung gelitten, ohne durch einen entsprechenden Nutzen aufgewogen zu werden.

Auch wenn ich nicht angestrebt habe, umfassende Namibiakenntnisse zu vermitteln, enthält das Buch doch eine Menge an landeskundlichen Fakten, die ich zu einem Großteil in Reiseführern und sonstiger Literatur nachrecherchiert habe. Eine Liste der benutzten Werke befindet sich im Anhang. Dort gibt es außerdem eine Zusammenstellung der im Text erwähnten Bücher.

Unverhofft kann man auch heutzutage noch mit der deutschen Kolonialvergangenheit im ehemaligen ›Deutsch-Südwest‹ konfrontiert werden. So entdeckte ich im vergangenen Jahr in der Wilhelmshavener Christus- und Garnisonskirche eine große Wandtafel: ›Dem Andenken der während des Aufstandes in Deutsch-Südwest-Afrika 1904-07 Gefallenen und Gestorbenen.‹

Rückmeldungen jeder Art, Anregungen, Lob, Kritik oder sonstige Hinweise, nehme ich gern entgegen.

Schließlich möchte ich mich noch bedanken: Beim Elvea-Verlag dafür, dass er dieses Buch ermöglicht hat. Bei Barbara Gertler für ihr umsichtiges Lektorat und bei Uwe Köhl, der das Manuskript in eine ansprechende Buchform gebracht hat.

Und nun wünsche ich viel Vergnügen mit den beiden Freunden Sven und Tim auf ihrer Gedankenreise durch Namibia.

Norbert J. Wiegelmann
Arnsberg, im Januar 2016

Wie alles begann

Svens Lieblingsonkel Bernd war vor Kurzem von einer mehrwöchigen Reise aus Afrika zurückgekehrt, aus Namibia.

Sven hatte seinem Onkel seitdem mehrere große Löcher in den Bauch gefragt, so neugierig war er gewesen, sämtliche Einzelheiten zu erfahren. Afrika, das bedeutete für Sven Abenteuer pur, und deshalb notierte er alles, was sein Onkel ihm erzählte, in sein dickes Tagebuch. Später, das nahm er sich fest vor, wollte er auch mal nach Afrika reisen.

Einstweilen musste er sich mit den Schilderungen seines Onkels und den vielen Fotos, die dieser gemacht hatte, begnügen.

Eines Tages erwähnte Sven voller Stolz die Afrikatour seines Onkels seinem besten Freund Tim gegenüber und fragte ihn, ob er nicht ebenfalls Lust hätte, nach Namibia zu reisen.

Tim war sofort Feuer und Flamme und wollte gleich wissen, wann es denn losgehe.

Sven zog sein dickes Tagebuch hervor und sagte, dass sie natürlich nicht in Wirklichkeit nach Afrika fahren könnten, sondern nur in Gedanken.

Zuerst war Tim mächtig enttäuscht, doch dann fand er eine solche Gedankenreise aus zweierlei Gründen gar nicht schlecht: Zum einen hätten sie beide ein Geheimnis, von dem sonst kein Mensch etwas wüsste, zum anderen war eine Reise nach Afrika in Gedanken allemal besser als überhaupt keine.

So kam es, dass die Freunde manchen Nachmittag und Abend in ihrem selbstgebauten Baumhaus im Garten von Tims Eltern oder auch in Svens Zimmer beisammensaßen, um von dort aus ihre Fantasiereise in das ferne Namibia zu unternehmen und den südwestlichen Teil Afrikas zu erkunden.

Flug nach Afrika

Erst einmal heißt es, die Koffer zu packen und mit dem Zug zum Frankfurter Flughafen zu fahren.

Dort beginnt eine langwierige und langweilige Prozedur, das *Einchecken*. Die Jungen stellen am Abflugschalter ihre Koffer auf ein Förderband, wo sie zunächst gewogen und dann weitertransportiert werden, bis sie hinter einem Vorhang verschwinden. Mit dem Flugticket müssen die Freunde durch eine Kontrolle gehen und dabei Uhren, Portemonnaie und sogar den Hosengürtel in ein Kästchen legen. Ihr Handgepäck stellen sie daneben. Aus irgendeinem Grund muss Sven sogar seine Schuhe ausziehen. Nach einer kurzen Strecke, die die Sachen ebenfalls auf einem Förderband zurücklegen, können die Freunde diese wieder in Empfang nehmen.

Als Tim sich seinen Gürtel umbindet, bemerkt er: »Bald wäre meine Hose völlig runtergerutscht.«

Danach haben sie noch Zeit, die Flugzeuge auf dem Rollfeld sowie Starts und Landungen zu beobachten. Das ist interessant und aufregend.

Viele Leute haben denselben Flug gebucht. Ob die alle in das Flugzeug passen werden?

Endlich kommt eine Durchsage, und die wartenden Menschen setzen sich in Bewegung.

Durch eine Schleuse strömt die Menge vom Flughafengebäude direkt in das Flugzeug.

Zwei dunkelhäutige Stewardessen begrüßen die Passagiere.

Sven und Tim schauen auf die Nummern ihrer Bordkarten, um den richtigen Sitzplatz zu finden. Sven hat einen Fensterplatz, Tim sitzt neben ihm. Das findet Tim ungerecht, und so einigen sich die Freunde in ihrem Baumhaus kurzerhand darauf, dass sie eben nicht neben-, sondern hintereinander sitzen werden und auf diese Weise jeder einen Fensterplatz hat.

»Aber wo sind denn unsere Koffer geblieben?«, fragt Tim plötzlich. Er hat keinen Schimmer davon, wie ein Flug in Wirklichkeit abläuft.

»Die sind doch längst unten im Gepäckraum untergebracht«, entgegnet Sven lässig und lässt seine Beine aus dem Baumhaus baumeln. Er ist zwar auch noch nie in seinem Leben geflogen, aber er hat sich alles von Onkel Bernd bis ins Kleinste erklären lassen.

Die Passagiere werden aufgefordert, sich anzuschnallen. Die Stewardessen demonstrieren pantomimisch zu der Bandansage, die aus den Lautsprechern tönt, den Gebrauch der Schwimmwesten und Sauerstoffmasken für den Notfall.

Das finden die beiden lustig und so hält sich ihre Angst vor dem Eintreten eines Notfalls in Grenzen.

Fast unmerklich rollt die Maschine an, biegt in langsamer Fahrt auf die Startbahn, die Motoren heulen laut auf, die Freunde werden in die Lehnen ihrer Sitze gepresst. Das Flugzeug beschleunigt, nimmt rasant an Tempo zu. Mit einem Mal hebt es ab und steigt unaufhaltsam.

Sven verspürt einen unangenehmen Druck in seinen Ohren.

Das Flugzeug zieht in Schräglage eine große Schleife. Flughafen und Umgebung werden kleiner und kleiner.

Tim bekommt allmählich ein flaues Gefühl im Magen.

Nachdem das Flugzeug durch die Wolkendecke gestoßen ist, fliegen sie in einer Höhe von bis zu 12.300 Metern durch die Nacht.

An Bord servieren die Stewardessen und Stewards Speisen und Getränke.

Schließlich übermannt die Freunde der Schlaf, aus dem sie jedoch wiederholt erwachen. Auf dem Monitor können sie verfolgen, wie die Maschine zunächst die Schweiz und Italien unter sich lässt und schließlich den afrikanischen Kontinent erreicht. Sie fliegen über Libyen, Tschad, Kongo, Sambia, Simbabwe und Botswana, bis sie schließlich nach mehr als 8.800 Flugkilometern und einer Flugzeit von gut 10 Stunden in Johannesburg landen.

Johannesburg liegt in Südafrika, dem Land Nelson Mandelas und der Fußball-Weltmeisterschaft 2010.

In Johannesburg haben sie drei Stunden Aufenthalt, dann bringt sie ein anderes, kleineres Flugzeug innerhalb einer Stunde nach Windhoek, der Hauptstadt Namibias.

Windhoek

Der kleine Flughafen ›Hosea Kutako International‹ liegt 45 km östlich von Windhoek. Zunächst müssen Sven und Tim ein Formular ausfüllen und sich in die Menschenschlangen vor den Schaltern einreihen. Verunsichert erwidern sie den strengen, prüfenden Blick des schwarzen Schalterbeamten. Als sie die Kontrolle hinter sich haben, atmen sie erleichtert auf.

Ein Mann, der Ähnlichkeit mit Onkel Bernd hat, erwartet sie. Er ist in Deutschland geboren, lebt aber schon seit mehr als zwanzig Jahren in Namibia. »Seid gegrüßt in Afrika. Ich hoffe, ihr hattet einen angenehmen Flug«, heißt er die Jungen herzlich willkommen. »Nennt mich einfach Bernd«, bietet er ihnen gut gelaunt an. »Und jetzt holen wir erst mal eure Koffer.«

Nachdem er ihre Koffer von dem großen Förderband gehoben hat, verlassen sie zu dritt das Flughafengebäude. Vor dem Eingang stehen zwei Palmen. Der Himmel ist strahlendblau, das Thermometer zeigt 23 Grad Celsius, obwohl in Namibia jetzt im Juli Winterzeit ist.

»Aber Winter hier bedeutet nicht Schnee und Eis wie in Deutschland, wenn es dort Winter ist«, lacht Bernd.

»Und warum ist es jetzt überhaupt in Namibia Winter, während in Deutschland doch Sommer ist?«, will Tim wissen.

»Weil Namibia auf der Südhalbkugel der Erde liegt«, antwortet Bernd.

Viel kann Tim mit dieser Erklärung nicht anfangen, doch er fragt nicht weiter nach, denn das Wetter ist – Winter hin, Winter her – so, wie es in Deutschland an schönen Sommertagen ist. Und nur das zählt für ihn.

Sie steigen in ein weißes Auto und fahren auf der linken Seite einer gut ausgebauten Asphaltstraße nach Windhoek. Die Straße verläuft durch hügelige Hochland-Dornbuschsavanne. Ringsum ragen Berggipfel auf.

»Habt ihr eure Uhren schon zurückgestellt?«, fragt Bernd beiläufig. »Hier ist es nämlich, verglichen mit der deutschen Sommerzeit, eine Stunde früher.«

Auf der Fahrt nach Windhoek sehen sie ein Perlhuhn. Kurz darauf macht sie Bernd auf Affen aufmerksam, die am Straßenrand hocken. »Das sind Paviane«, sagt er.

Nach einiger Zeit kommt ihnen auf der rechten Seite ein mit zwei Eseln bespannter Karren entgegen, auf dem ein Mann und eine Frau sitzen.

»Eselskarren stellen für viele einheimische Menschen ein wichtiges Transportmittel dar«, erläutert Bernd. »Vor allem für die ländliche Bevölkerung.«

Stadtrundfahrt

In Windhoek angekommen, starten sie gleich zu einer Stadtrundfahrt. Zuerst besichtigen sie die evangelisch-lutherische Christuskirche.

»Sie ist ab 1907 erbaut und 1910 geweiht worden«, sagt Bernd. »Die drei Buntglasfenster vorne im Altarraum wurden von Kaiser Wilhelm gestiftet.«

Sven und Tim finden Kirchen eigentlich nicht besonders spannend, doch bei der Nennung des deutschen Kaisers Wilhelm werden sie hellhörig.

»Wieso hat der denn hier, im fernen Afrika, Fenster für eine Kirche gestiftet?«, fragt Tim.

Als sie aus der Kirche heraus sind, erzählt ihnen Bernd, dass Namibia früher Südwestafrika hieß und deutsche Kolonie war.

»Damals glaubten die Europäer, die ganze Welt unter sich aufteilen zu können. Sie errichteten überall Schutzgebiete, sogenannte Protektorate, und taten so, als gehörten ihnen die fremden Länder.«

Die beiden Jungen hören aufmerksam zu.

»Haben sich die Einheimischen das denn einfach gefallen lassen?«, fragt schließlich ein nachdenklicher Sven.

»Nein, auf Dauer nicht«, erwidert Bernd. »Irgendwann haben sie sich gegen die Fremden aufgelehnt.«

»Wie zum Beispiel die Indianer gegen die Bleichgesichter«, platzt Tim stolz heraus, weil er schon ganz viele Bücher von seinem Vater über Indianer gelesen hat.

Bernd lächelt.

»Genau. Die Indianer Nordamerikas haben gegen die Weißen gekämpft, und auch die afrikanischen Völker haben sich irgendwann gegen die Eindringlinge erhoben. Kommt mit.«

Sie gehen einige Meter weiter. Dort steht auf steinernem Sockel ein großes Bronzedenkmal. Es zeigt einen Mann hoch zu Ross. Auf dem Kopf trägt er einen Hut, in der rechten Hand hält er ein Gewehr. An dem Steinsockel ist eine Bronzetafel angebracht.

»Das ist aber toll!«, ruft Tim und starrt die überlebensgroße Reiterstatue ehrfürchtig an

»Das Denkmal an sich mag zwar handwerklich gut gemacht sein«, sagt Bernd ungewohnt ernst, »aber davon abgesehen kann ich an dem Ding nicht viel Tolles finden. Es zeigt einen Südwester Reiter, das heißt einen Soldaten der deutschen Schutztruppe. Es ist seinerzeit per Schiff von Berlin hierher gebracht und an Kaiser Wilhelms Geburtstag 1912 enthüllt worden. Und diese Inschrift«, Bernd zeigt mit der Rechten auf die Bronzetafel, »listet die deutschen Opfer auf, die als tapfere deutsche Krieger und als deutsche Bürger in den Aufständen und Kämpfen zwischen 1903 und 1908 ihr Leben verloren haben – an die einheimischen Toten wird hingegen mit keinem Wort erinnert. Und dabei stehen den 1750 deutschen Soldaten und Zivilisten, die umgekommen sind, schätzungsweise mehrere zehntausend Tote auf afrikanischer Seite gegenüber.«

Die Jungen schauen zerknirscht zu Boden. Sie spüren, dass Bernd sich in Rage geredet hat. Doch der lacht plötzlich.

»Macht nicht so ein Gesicht; es ist ja nicht eure Schuld. Das ist Geschichte. Und Geschichte ist selten schön, und noch seltener lernen die Menschen daraus. – Das kann einen schon ärgern.«

Ehe die Jungen etwas entgegnen können, deutet Bernd auf die weiße Mauer mit den weißen rechteckigen Türmen hinter dem Reiterstandbild.

»Das ist die Alte Feste. Grundsteinlegung war 1890. Ursprünglich diente sie dem militärischen Schutz. Seit vielen Jahren ist das Historische Museum dort untergebracht.«

Tim imponieren die weißen Türme, die sich kontrastreich von dem strahlendblauen Himmel abheben. Aber er traut sich nicht mehr, ›das ist aber toll‹ zu sagen.

Zwei dunkelhäutige Männer, einer hat eine Baseballkappe auf dem Kopf, der andere eine rote Jacke an, kommen auf die Jungen zu. Sie tragen Holzstangen, an denen kleine Kugeln an mit Holzperlen verzierten Lederbändchen hängen. In die Kugeln sind afrikanische Motive eingeritzt, überwiegend einheimische Tiere. Sven und Tim betrachten die Kugeln interessiert.

»Are you English?«, fragen die Männer.

Bernd schüttelt den Kopf und sagt: »Nein«

»Ah, Deutschland!«, ruft der Mann mit der Baseballkappe. »Wollt ihr kaufen? Nicht teuer.« Und er hält den Jungen die Holzstange mit den Kugeln direkt vor die Nase.

»Was ist das?«, möchte Sven zunächst wissen.

»Das sind die Fruchtkerne der Makalanipalme, die im Norden

Namibias wächst«, erklärt Bernd. »Diese Schnitzereien sind kleine Kunstwerke. Wenn ihr sie als Andenken wollt, sollte einer von euch bei dem ersten, der andere bei dem zweiten Schnitzer kaufen, dann verdienen beide etwas.«

Die Jungen sind einverstanden. Sven sucht sich eine Kugel bei dem Mann mit der Baseballkappe aus, Tim bei dem Mann in der roten Jacke. Auf Svens Kugel sind zwei Giraffen, ein Nashorn, ein Elefant und ein Tier zu sehen, das er nicht kennt. Fragend sieht er Bernd an.

»Das Tier zwischen Nashorn und Elefant ist eine Oryx-Antilope, das Wappentier Namibias«, klärt Bernd auf. »Zwei dieser Tiere stehen auf dem namibischen Wappen aufrecht rechts und links und halten das Wappenschild.«

Auch Tim hat auf seiner Kugel neben Giraffe, Elefant und Zebra ein Tier, das ihm unbekannt ist.

»Das ist ein Warzenschwein«, weiß Bernd.

»Sehen wir all diese Tiere auch noch in echt?«, fragt Tim.

Bernd lacht: »Davon könnt ihr ausgehen, Jungs.«

»Geil«, rutscht es Tim heraus.

Er hält sich schnell die Hand vor den Mund, denn seine Eltern mögen dieses Wort nicht, doch Bernd grinst nur.

»Dein Name?«, fragt der Mann mit der Baseballkappe und deutet auf die Kugel, die sich Sven von ihm ausgesucht hat. Sven buchstabiert seinen Vornamen. Mit einem scharfen Messer graviert der Mann nun geschickt die Buchstaben über dem Nashorn in den Kern, indem er das dunkelbraune Äußere des Kerns so entfernt, dass um die Buchstaben herum alles weiß wird und nur noch die Buchstaben übrig bleiben. Auch die Tiere sind auf diese Art und Weise entstanden und deshalb ebenfalls dunkelbraun auf weißem Grund. Der Mann mit der roten Jacke schnitzt Tims Namen in dessen Kugel. Jedes der beiden Souvenirs kostet zwölf namibische Dollar, das ist wenig mehr als ein Euro.

Die beiden Männer bedanken sich für den Kauf, und Bernd geht mit den Jungen zum Tintenpalast weiter. »So nennen die Namibier wenig respektvoll das ehemalige Verwaltungsgebäude des Schutzgebietes, das heute Sitz des Parlaments ist«, erläutert er. Sven und Tim haben für den Tintenpalast indes kaum einen Blick. Viel interessanter ist für sie die direkt gegenüber liegende Parkanlage, zu der eine breite Steintreppe hinunterführt. Dort haben die Jungen nämlich eine Hochzeitsgesellschaft ausgemacht. Das Brautpaar ist ebenso dunkelhäutig wie die übrige festliche Schar. Die Braut trägt ein langes weißes Hochzeitskleid mit Schleier, der Bräutigam einen schwarzen Anzug zum weißen Hemd mit heller Krawatte und Weste. Wie ein kleineres Abbild des Brautpaares wirken die beiden Blumenkinder.

»Die sehen ja aus wie bei uns«, bemerkt Tim erstaunt.

»Warum nicht?«, fragt Bernd.

»Ich dachte, hier in Afrika …«, stammelt Tim und wird ein wenig rot.

»Natürlich heiraten nicht alle Einheimischen so pompös«, beschwichtigt Bernd.

Die Brautführerinnen haben seidene ärmellose Kleider an. Zusammen mit den vielen Gästen, die sich auf der Rasenfläche verteilt haben, bietet die Hochzeitsgesellschaft ein farbenfrohes Bild.

Auf dem Weg zurück zum Auto weist Bernd zunächst auf einen Baum, der filigrane rote Blüten trägt.

»Dies ist ein Flaschenbürstenbaum.«

»Die Blüten sehen wirklich so aus wie eine Bürste«, stellt Sven fest.

Schon hat Tim einen anderen Baum entdeckt, an dem längliche hellbraune Früchte wie an Schnüren hängen.

»Als ob da Würste dran wären«, sagt Tim spontan und Bernd nickt anerkennend.

»Genau, wie Leberwürste. Deshalb heißt dieser Baum auch

Leberwurstbaum.«

Katutura

»Jetzt fahren wir zu dem Ort, an dem wir nicht bleiben wollen«,
sagt Bernd und startet das Auto.
   Die Jungen sehen ihn irritiert an.
   »Warum fahren wir dann überhaupt hin?«, fragt Tim.
Bernd muss laut lachen.

»So heißt Katutura, der Stadtteil, den ich euch nun zeigen will,
sinngemäß übersetzt«, ergänzt er.
   Sven und Tim möchten natürlich wissen, was es mit diesem ge-
heimnisvollen Namen auf sich hat, und Bernd erzählt es ihnen auf
dem Weg dorthin.
   »Nach Beginn des Ersten Weltkriegs kapitulierte die deutsche
Schutztruppe vor den südafrikanischen Soldaten; das war das Ende

von Deutsch-Südwestafrika. Nach dem Ende des Ersten Weltkriegs wurde das Gebiet Südafrika zur Verwaltung überlassen. Die Südafrikaner übertrugen ihre staatlich verordnete Form der Rassentrennung auch auf Südwestafrika. In diesem Apartheitssystem wurde die nicht-weiße Bevölkerung diskriminiert. In dieser Zeit, nämlich Ende der 1950er Jahre, wurde Katutura im Nordwesten von Windhoek aus dem Boden gestampft und den schwarzen Bewohnern der Stadt zugewiesen.«

»Die schwarze Bevölkerung musste dort leben, ob sie wollte oder nicht?«, fragt Sven ungläubig.

»So ist es«, entgegnet Bernd. »Die bis dahin zentrumsnah lebenden Menschen wurden zwangsweise nach Katutura umgesiedelt und entsprechend ihrer ethnischen Zugehörigkeit in bestimmten Wohnvierteln einquartiert.«

»Was heißt ethnische Zugehörigkeit?«, will Sven wissen. »Es waren doch alles schwarze Namibier, oder?«

Bernd denkt eine Weile nach, wie er es den beiden am besten begreiflich machen kann.

»Schwarze Namibier waren die Menschen damals schon deshalb nicht, weil es den unabhängigen Staat Namibia erst seit 1990 gibt. Aber auch heutzutage sind die schwarzen Namibier nicht alle gleich. Es gibt viele verschiedene Volksgruppen. Namibia ist ein Vielvölkerstaat.«

»Auch die Deutschen sind nicht alle gleich!«, ruft Tim spontan. »Es gibt die Bayern, die Norddeutschen, die Sachsen, die Hessen, die Nordrhein-Westfalen, …«

»Richtig«, unterbricht ihn Bernd schmunzelnd, »aber die sprechen doch alle dieselbe Sprache und haben eine gemeinsame Kultur.«

»Die Bayern sprechen aber ganz anders als die Berliner oder die Sachsen oder …«

»Okay«, fällt Bernd Tim nun lachend ein zweites Mal ins Wort, »aber wir können uns doch darauf einigen, dass sie alle die deutsche Sprache sprechen, wenn auch nicht immer Hochdeutsch. Die verschiedenen Völker, die in Namibia leben, haben aber zum Teil völlig unterschiedliche Sprachen, eine unterschiedliche Herkunft und unterschiedliche kulturelle Bräuche. Auch ihr Äußeres weicht teilweise sehr stark voneinander ab.«

Letzteres überzeugt Tim, denn so vermessen ist er nicht, zu behaupten, dass sich die Menschen in Bayern äußerlich – von Trachtenkleidung einmal abgesehen – von den Menschen in Niedersachsen unterscheiden.

»Wie heißen denn die unterschiedlichen Ethnien?«, fragt Sven.

»Einige werdet ihr noch kennenlernen«, erwidert Bernd. »Da gibt es beispielsweise die …«

»Seht mal!«, ruft Tim plötzlich so laut, dass Sven erschrocken zusammenzuckt. »Da vorne die bunten Häuser.«

Aufgeregt deutet er auf die kleinen, flachen Häuschen, an denen sie vorüberfahren.

»Das ist Katutura«, sagt Bernd, »das etwas andere Windhoek. Diese einfachen Häuschen haben meistens zwei bis vier Zimmer, die teilweise von bis zu zwanzig Personen bewohnt werden.«

An den Türen einiger Häuser sind große Buchstaben angemalt.

»Diese Buchstaben bezeichnen die einzelnen ethnischen Gruppen, denen die Blocks zugewiesen waren«, fährt Bernd fort. »So steht das H beispielsweise für Herero, das D für Damara, das N für Nama und das O für Ovambo.«

Auf den Straßen und vor den Häusern halten sich viele Menschen auf, so dass das Viertel trotz der einfachen Behausungen lebendig und bunt wirkt. Ab und zu taucht auch ein kleiner Markt auf.

»Diese Märkte sind nicht genehmigt«, sagt Bernd, »werden aber von der hier lebenden Bevölkerung gut angenommen.«

Zwischen den Häuschen stehen Hütten, die notdürftig aus Wellblech und Pappe errichtet worden und in wildem Durcheinander angeordnet sind. Tim entdeckt auch ein Autowrack neben einer der Hütten.

»Diese wilden Siedlungen werden von Menschen aus dem Norden des Landes und aus Angola errichtet«, erläutert Bernd. »Menschen ohne Arbeit und Geld. Hier gibt es weder Strom noch fließend Wasser. Von Zeit zu Zeit lässt die Regierung diese Elendsviertel räumen, doch postwendend entstehen wieder neue.«

Es dämmert schon, als sie an einem großen Friedhof mit vielen Holzkreuzen und kleinen Grabsteinen vorbeifahren.

»Da hinten, wo die beiden Pick-ups und die Menschengruppe stehen, werden wieder neue Gräber ausgehoben«, sagt Bernd. »Das geschieht nahezu täglich. Die Aids-Quote ist leider auch hier – wie überall in Afrika – sehr hoch. Sie beträgt bei den 15- bis 49-jährigen Namibiern internationalen Schätzungen zufolge zwischen 15,3 und 21 Prozent.«

Sven und Tim schweigen bedrückt.

Um sie aufzumuntern, macht Bernd einen Vorschlag: »Wie wäre es, wenn wir jetzt essen gehen, denn ihr habt bestimmt einen Riesenhunger?«

Die Jungen sind begeistert von dieser Idee. In einem urigen Lokal essen sie zu Abend, danach fahren sie in eine Pension. Sven und Tim teilen sich ein Zimmer. Sie haben sich kaum in das Doppelbett gelegt, da sind sie auch schon eingeschlafen. Der Flug und dieser erste Tag in Afrika waren doch ganz schön anstrengend.

Nach Süden

Am nächsten Morgen klopft Bernd an ihre Tür.

»Aufstehen, ihr Langschläfer!«, ruft er fröhlich.

Sven und Tim werden langsam wach, werfen einen Blick auf ihren Wecker und sehen sich entsetzt an.

»Aber es ist doch erst sieben Uhr«, antworten sie wie aus einem Mund und fragen sich, wie man um diese Uhrzeit schon so gutgelaunt klingen kann.

Doch Bernd lässt sich nicht beirren.

Nach dem Frühstück geht es los, Richtung Süden. In einem Supermarkt kauft Bernd noch zwei Kästen Mineralwasser.

»Die werden wir gebrauchen können«, bemerkt er.

In einem Ort namens Rehoboth will Bernd einen kurzen Tank- und Toilettenstopp einlegen.

»Ich habe euch gestern versprochen, dass ihr noch einige Ethnien kennenlernen werdet«, sagt er zu den beiden Jungen.

»Wenn wir in Rehoboth an der Tankstelle stehen, könnt ihr euch einmal umschauen. Die Menschen, die in Rehoboth wohnen, heißen Rehobother Baster. Entstanden ist Rehoboth wie viele Städte in Namibia durch eine Mitte des 19. Jahrhunderts gegründete Missionsstation. Die Baster haben sich 1870 dort angesiedelt.«

»Ein merkwürdiger Name«, findet Sven, »klingt wie Bastard.«

»Baster ist Afrikaans und bedeutet tatsächlich Bastard«, bestätigt Bernd.

»Aber Bastard ist doch ein Schimpfwort«, wirft Tim ein.

»Eigentlich schon«, stimmt Bernd zu, »aber die Rehoboter Baster sind stolz auf diese Bezeichnung. Sie stammen ursprünglich aus der südafrikanischen Kapregion und sind in der Tat Mischlinge, nämlich Nachfahren von Nama-Frauen und weißen Siedlern.«

Als Bernd an der Zapfsäule tankt, mustern Sven und Tim verstohlen die in der Nähe befindlichen Menschen. Sie sind westlich gekleidet, viele tragen Jeans, und haben eine etwas hellere Hautfarbe. Ansonsten fällt den Jungen nichts Besonderes an ihnen auf.

Wenige Kilometer südlich von Rehoboth steht links am Straßenrand auf zwei hohen Eisenpfählen ein längliches weißes Hinweisschild mit der Aufschrift ›Tropic of Capricorn‹.

Bernd hält an.

»An dieser Stelle überqueren wir den südlichen Wendekreis der Sonne, den sogenannten Wendekreis des Steinbocks«, erzählt er. »Das bedeutet, die Sonne steht hier am 21. Dezember am höchsten und wandert dann bis zum 21. Juni nach Norden, zum Wendekreis des Krebses. – Steigt einmal aus und stellt euch unter das Schild, dann mache ich ein Foto von euch.«

Die asphaltierte Straße ist längst einer staubigen Schotterpiste gewichen, die sich schnurgerade im Unendlichen zu verlieren scheint. Die Jungen bemerken die rötliche Färbung des Sandes zu ihrer Linken.

»Das ist der Sand der Kalahari, die eine Fläche von der dreifachen Größe Deutschlands umfasst«, erläutert Bernd. »Sie erstreckt sich über mehrere afrikanische Länder und nahezu den gesamten östlichen Teil Namibias.«

Außer dem roten Sand fällt den Jungen aber noch etwas auf, das sie in arges Erstaunen versetzt, nämlich ein Zaun.

»Was macht denn der Zaun hier in der Wüste?«, fragt Sven verwundert.

Bernd pfeift durch die Zähne.

»Gut beobachtet«, sagt er anerkennend, »obwohl der ja auch nicht zu übersehen ist. An Zäune müsst ihr euch in Namibia gewöhnen, denn das gesamte Land ist beinahe vollständig eingezäunt.

Der Grund für diese Begrenzung der scheinbaren Grenzenlosigkeit liegt in der Tatsache, dass jeder Quadratmeter, auf dem noch so geringer Bewuchs Viehhaltung ermöglicht, genutzt wird. Und im so trockenen Süden des Landes benötigt man dazu riesige Flächen, die von den Farmern eben mit Viehzäunen versehen werden. Farmgrößen zwischen 10.000 bis 30.000 Hektar gelten hier als notwendig. – Habt ihr eine Größenvorstellung?«

Die Jungen zucken mit den Schultern, ohne zu antworten.

»Aber was 1 Hektar bedeutet, ist euch klar?«, fragt Bernd.

Erneutes Schweigen.

»1 Hektar entspricht einem Quadrat mit einer Seitenlänge von 100 Metern. Im Vergleich dazu hat ein Fußballspielfeld üblicherweise eine Länge von 105 und eine Breite von 68 Metern. Eine Farm von 30.000 Hektar ist also größer als 30.000 Fußballfelder.«

Ganz weit hinten am Horizont taucht eine Staubfahne auf, die wie eine Säule in den Himmel steigt. Nach einiger Zeit kommt ihnen eine Gruppe von vier Motorradfahrern entgegen, eingehüllt in eine dichte Staubwolke. Es dauert eine Weile, bis die Sicht wieder klar ist. Noch unangenehmer war es allerdings vor gut einer Viertelstunde, als sie von einem anderen Auto überholt wurden. Minutenlang waren sie wie von einer dichten Nebelwand aus aufgewirbeltem Staub umgeben. Das passiert aber zum Glück nicht allzu häufig, denn anderen Menschen oder Fahrzeugen begegnen sie selten.

»Das ist auch nicht verwunderlich. Namibia ist zwar mehr als doppelt so groß wie Deutschland«, informiert Bernd, »aber es hat insgesamt nur knapp zwei Millionen Einwohner. Also in etwa so viel wie Hamburg. – Wisst ihr, wie viele Einwohner Deutschland hat?«

Weder Sven noch Tim können diese Frage beantworten.

»Über 82 Millionen«, hilft Bernd.

Die Jungen schweigen beeindruckt.

»Guckt mal, das große Ding da im Baum!«, ruft irgendwann Tim und zeigt auf einen Baum mit weit ausladender Krone, die beinahe vollständig von etwas braun Wucherndem überzogen ist.

Bernd stoppt das Auto am linken Pistenrand und sie steigen aus, um sich das merkwürdige Gebilde aus der Nähe anzusehen.

»Das sind ja viele Nester«, sagt Sven, als er von unten in die kleinen Löcher der aus Gräsern gebauten Waben blickt.

Bernd nickt zustimmend.

»Die Siedelweber sind ziemlich unscheinbare, sperlingsähnliche Vögel und brüten in solchen Gemeinschaftsnestern. Erst errichten einige Vögel das Dach, darunter bauen dann verschiedene Paare ihre Einzelnester. Diese Wohnanlagen können mehrere Meter lang und breit werden. – Auch an Telegraphenmasten könnt ihr die Nester sehen.«

»Ist ja ein irrer Apparat, so ein Gemeinschaftsnest«, stellt Sven bewundernd fest.

»Dieser Baum ist übrigens ein Kameldornbaum. Er hat diese charakteristischen Samenhüllen.«

Bernd bückt sich, hebt zwei ungefähr 10 cm lange, graue, halbmondförmige Schoten auf und reicht sie den Jungen.

»Die fühlt sich fast wie mit Samt überzogen an«, stellt Sven fest, während Tim die Schote schüttelt, wobei ein Geräusch wie von einer Kinderrassel entsteht.

»Geil …, ich meine toll!«, ruft Tim und kann gar nicht genug von dem Klappern bekommen.

»Die Schoten sind sehr nahrhaft und werden gern von Tieren gefressen, zum Beispiel von Springböcken oder Oryx-Antilopen«, erklärt Bernd. »Aber noch einmal zurück zu der großen Wohnsiedlung über euch. Manchmal haben verlassene Nester auch Untermieter, beispielsweise Schlangen. Man muss also immer hübsch vorsichtig sein.«

»Autsch!«, schreit in diesem Moment Tim laut auf und greift sich an seinen rechten Oberschenkel.

»Spinnst du?«, giftet er seinen Freund an, der neben ihm auf dem Sofa sitzt.

Sven lacht.

»Stell dich nicht so an. Sei lieber froh, dass du nicht von einer Schlange gebissen worden bist, sondern dass es nur ein Pieks hiermit gewesen ist.«

Und er zeigt Tim stolz eine lange, abwechselnd hell und dunkel gefärbte, spitz zulaufende Stachelschweinborste, die ihm Onkel Bernd mitgebracht hat. Doch Tim lässt sich nicht beruhigen, weil Sven wohl etwas zu fest zugestochen hat und auf Tims Oberschenkel ein paar Tropfen Blut hervorquellen.

»Tut mir leid, das wollte ich nicht«, entschuldigt sich Sven, doch Tim ist so wütend, dass er aufsteht und ohne sich zu verabschieden nach Hause stapft.

Ein paar Sekunden später steht Svens Mutter im Türrahmen und fragt ihren Sohn, was denn vorgefallen sei.
»Ich dachte, ihr hättet euch gut unterhalten.«
»Haben wir auch«, entgegnet Sven, »aber mit einem Mal ist Tim offensichtlich eine Laus über die Leber gelaufen.«
»Na, dann wird er sich auch wieder beruhigen«, sagt Svens Mutter und verlässt das Zimmer ihres Sohnes.
Der hat ein schlechtes Gewissen, weiß er nur zu gut, dass die Laus eine Stachelschweinborste und Tims Leber dessen rechter Oberschenkel gewesen ist. Er legt die Stachelschweinborste, die er die ganze Zeit in der Hand gehalten hat, schnell wieder an ihren Platz auf seinem Schreibtisch zurück.

Köcherbaumwald
und Fishriver Canyon

Infolge des ›Zwischenfalls‹ mit der Stachelschweinborste ist die Afrikareise von Sven und Tim ein wenig ins Stocken geraten.

Tim schmollt länger, als es dem Anlass angemessen gewesen wäre – findet Sven jedenfalls. Erst als er – dem Rat seiner Mutter folgend – nach mehreren Tagen Tim ein Eishörnchen ausgibt und verspricht, die Fantasieabenteuer nicht mehr mit realen Überraschungen anzureichern, ist Tim zur Versöhnung bereit.

Und so sitzen sie eines Tages wieder im Baumhaus und nähern sich dem südlichsten Punkt ihrer Reise, dem Fishriver Canyon. Auf dem Weg dorthin besichtigen sie nördlich von Keetmanshoop noch einen Köcherbaumwald.

»Die Köcherbäume sind eigentlich keine Bäume, sondern gehören zur Gattung der Aloen«, erläutert Bernd. »Sie besitzen ein schwammähnliches Gewebe und können somit Wasser in Stamm und Ästen speichern. Sie sollen so leicht sein, dass man den Stamm angeblich mit einer Hand tragen kann. Ausprobiert hab ich das allerdings noch nicht. – Ihren Namen verdanken sie der Tatsache, dass die San – eine Ethnie, über die ich euch später noch einiges erzählen werde – die ausgehöhlten Äste als Köcher für ihre Giftpfeile benutzten. – Köcherbäume sind eigentlich nur vereinzelt anzutreffen, aber hier bilden sie einen richtigen kleinen Wald, wie ihr seht.«

Die Jungen laufen auf dem steinigen Gelände zwischen den Felsbrocken herum und betrachten die eigentümlichen Bäume mit der hellen, rissigen Rinde, die ihre Äste kandelaberartig in den wolkenlosen Himmel recken. An der Spitze der Zweige wachsen rosettenförmig angeordnete blaugrüne Blätter, in deren Mitte sich lange, kräftiggelbe Blütenkerzen befinden.

»Wir haben Glück, dass wir zur richtigen Jahreszeit hier sind«, sagt Bernd. »Die Köcherbäume blühen nämlich nur im Juni/Juli. Sie werden, nebenbei bemerkt, bis zu 300 Jahre alt.«

»So alt möchte ich auch gerne werden«, wirft Tim ein.

»Wirklich?«, fragt Sven. »Dann sähst du ja so aus.«

Und er schneidet eine Grimasse und zieht die Haut seiner Wangen mit den Handflächen nach unten.

»Und Zähne hättest du auch keine mehr, zumindest keine echten. Und wahrscheinlich könntest du dich an deine Kindheit gar nicht mehr erinnern, und …«

»Ist ja gut, ich möchte überhaupt keine 300 Jahre alt werden«, beeilt sich Tim zu versichern angesichts solch wenig berauschender Aussichten.

Eine grandiose Aussicht bietet sich jedoch, als sie den Fishriver Canyon erreicht haben.

»Hierbei handelt es sich um den zweitgrößten Canyon der Welt und eine der bedeutendsten landschaftlichen Sehenswürdigkeiten im südlichen Afrika«, erzählt Bernd. »An einigen Stellen ist er bis zu 27 km breit und 550 Meter tief, seine Länge beträgt 160 km. – In diesem Zusammenhang sei die Frage erlaubt: Welches ist denn der größte Canyon der Welt?«

Tim druckst unsicher herum, doch Sven sagt im Brustton der Überzeugung: »Natürlich der Grand Canyon in den USA.«

Die Jungen sind überwältigt von dem atemberaubenden Blick in den Canyon hinein: Abrupt fallen die steilen Felsen vom Plateau ab und bilden eine gewaltige, sich nach unten verjüngende Schlucht, die an dieser Stelle eine große Schleife um einen Inselberg herum beschreibt.

»Dies ist die Hell`s Bend, die Höllenkurve«, sagt Bernd, »meines Erachtens das imposanteste Beispiel des Canyon-Laufes.«

»Aber wo ist der Fluss?«, fragt Sven.

»Den suche ich auch schon die ganze Zeit«, bekräftigt Tim.

Bernd schmunzelt.

»Da unten ist er doch«, sagt er und zeigt auf den gewundenen Grund der Schlucht.

»Ich sehe nur einzelne kleine Wassertümpel«, murmelt Tim kleinlaut, weil er befürchtet, irgendetwas übersehen zu haben.

Jetzt muss Bernd laut lachen.

»Mehr Wasser sehe ich auch nicht«, sagt er. Und ernst werdend, fügt er hinzu:

»Der Fish River führt nicht das ganze Jahr über Wasser, da er bereits in seinem Oberlauf gestaut wird. Nur nach stärkeren Regenfällen hat er für wenige Wochen im Jahr auf seiner gesamten Länge Wasser. Es kann allerdings während der Regenzeit, also im Zeitraum zwischen Oktober und März, zu gewaltigen Wolkenbrüchen kommen, die den Fluss in einen reißenden Strom verwandeln, so dass meterhohe Flutwellen durch den Canyon schießen.«

Die Jungen stehen am Geländer und starren fasziniert in die Tiefe.

»Übrigens stellen die Wände des Canyons für Fachleute eine Art Bilderbuch über die Erdgeschichte dar«, fährt Bernd fort. »Während die obersten Schichten rund 500 Millionen Jahre alt sind, reichen die untersten am Fuß der Steilwände rund 2,5 Milliarden Jahre zurück.«

»So alt möchte ich auch gerne werden«, sagt Sven und ahmt die Stimme seines Freundes nach.

Der stupst ihn in die Seite: »Blödmann.«

Bernd scheint etwas zu überlegen. Schließlich sagt er:

»Ich fahre jetzt zum nächsten Aussichtspunkt, dem Hikers' Point, und ihr kommt zu Fuß nach. Das sind ca. 2,5 km, eine durchaus zu bewältigende Strecke. Etwas Auslauf tut euch, denke ich, ganz gut. Aber macht bitte keinen Blödsinn. – Bis gleich.«

Sven und Tim machen einen Spaziergang an der Felsabbruchkante entlang. Sie sind erfreut über diesen kleinen Fußmarsch, bietet er doch eine willkommene Abwechslung zu den vielen Stunden, die sie im Auto verbringen, was doch manchmal sehr ermüdend ist.

Am Hikers' Point wartet Bernd bereits auf sie. Auch von hier hat man einen atemberaubenden Blick in die Canyonschlucht, aber nicht nur das weckt das Interesse der Jungen.

»Schaut mal, da steigen ja Leute runter«, weist Sven auf eine Gruppe von fünf Männern und drei Frauen. Diese befinden sich auf dem mit Drahtseil gesicherten Abstieg in den Canyon. Sie tragen große Rucksäcke, an denen zusammengerollte Isomatten befestigt sind, sowie lange Stöcke in der rechten Hand.

»Können wir da auch mal runter?«, fragt Tim und ist schon im Begriff, sich Richtung Abstieg auf den Weg zu machen.

»Halt, hier geblieben.«

Bernd hält Tim am Arm fest.

»In die Schlucht dürfen nur Menschen rein, die eine Erlaubnis haben. Und die bekommt man erst dann, wenn man ein ärztliches Attest vorlegt, das einem die nötige Gesundheit und Kondition bescheinigt. Die Strecke ist immerhin 86 Kilometer lang, und die legt man in vier bis fünf Tagen zurück, zumeist in glühender Hitze. Und man muss teilweise über große Felsen klettern. Ein Spaziergang ist das also nicht. – Die Wanderung darf übrigens nur in den namibischen Wintermonaten vom 15. April bis 15. September unternommen werden.«

»Gibt es denn in der Schlucht Übernachtungsmöglichkeiten?«, fragt Sven.

»Es gibt weder Hütten noch sonstige Unterkünfte, auch keine Toiletten«, antwortet Bernd. »Dafür aber Paviane und Klippspringer. Hin und wieder kann man mit etwas Glück auch ein Hartmannsches Bergzebra beobachten.«

Er macht eine kleine, bedeutungsvolle Pause, ehe er fortfährt: »Tja, und dann leben und jagen in der Schlucht auch noch Leoparden. Die bekommt man aber normalerweise nicht zu Gesicht, und das ist wahrscheinlich auch besser so, denn es könnte sonst das erste und letzte Mal sein. Außerdem gibt es da unten auch Giftschlangen und Skorpione.«

Die Jungen blicken der Wandergruppe hinterher, die zwischen Geröll und Felsen ungefähr ein Viertel des steilen Abstiegs hinter sich gebracht hat. Nach dem soeben Gehörten sind sie nicht mehr überzeugt, ob sie die acht Personen beneiden sollen.

Als hätte er ihre Zweifel erraten, fährt Bernd fort: »Die Gruppen müssen aus Sicherheitsgründen eine Mindestgröße von drei Teilnehmern haben. Vor wenigen Jahren ist ein holländischer Tourist allein in die Schlucht hinabgestiegen. Nachdem er nicht wiederaufgetaucht war, wurde intensiv nach ihm gesucht, auch mit Hilfe eines Hubschraubers – ohne jeden Erfolg. Man hat nicht die geringste Spur von ihm entdeckt. Für die Kosten dieser aufwändigen Rettungsaktion, die sich, wenn ich mich recht erinnere, auf ca. 30.000 Euro beliefen, mussten überdies noch die Angehörigen aufkommen.«

»Und warum hat man keine Spur mehr von dem Vermissten gefunden?«, fragt Tim. Ihm stockt fast der Atem: »Hat ihn ein Leopard gefressen?«

Bernd zuckt die Schultern: »Das weiß ich nicht. Todesursache kann Hitzschlag oder Herzversagen gewesen sein.«

»Aber«, beharrt Tim auf seiner Vermutung, »dann hätte man doch die Leiche finden müssen. Es sei denn, ein Leopard … Ich hab mal gelesen, dass Leoparden ihre Beute auf einen Baum schleppen und dort verspeisen.«

Sven schüttelt sich. Er bekommt eine Gänsehaut bei dieser Vorstellung.

»Jungs, ich war nicht dabei, ich kann es euch wirklich nicht sagen.« Bernd klatscht in die Hände. »Los, ab ins Auto, es geht weiter.«

Die Jungen werfen noch einen letzten Blick hinunter in den Canyon. Sie sind froh, statt in den Canyon ins Auto steigen zu dürfen.

Lüderitz

Über Aus, einem Farmerstädtchen, fahren sie Richtung Lüderitz. Vor Aus kommt eine Kältefront auf und es beginnt kräftig zu regnen, aber nach kurzer Zeit hört der Regen schon wieder auf. Bernd tankt in Aus. Die Jungen wundern sich darüber, dass die Männer, die an der Zapfsäule stehen, die Hände in ihren Jacken vergraben und Kapuzen oder Mützen aufgesetzt haben. In dem Verkaufsladen der Tankstelle gibt es sogar Glühwein.

»Das ist ja wie Weihnachten«, sagt Sven und schnuppert den Duft des Glühweins.

»Es ist halt namibischer Winter, und die Menschen hier haben ein anderes Kälteempfinden als ihr«, sagt Bernd.

Die asphaltierte Straße führt, beständig abschüssig, fast schnurgerade nach Westen, auf die Atlantikküste zu.

»Hier rechts«, erläutert Bernd, »erstreckt sich der in diesem Teil für die Öffentlichkeit nicht zugängliche Namib-Naukluft Park, links liegt das Diamantensperrgebiet, dessen Betreten ebenfalls verboten ist.«

»Das heißt, wir dürfen das Auto nicht verlassen und uns abseits der Straße aufhalten?«, fragt Sven vorsichtshalber nach.

»Exakt«, nickt Bernd. »Im Übrigen befinden wir uns in der Wüstenlandschaft der Namib, der ältesten Wüste der Welt. Die Namib erstreckt sich über 3.000 km entlang der afrikanischen Westküste von Angola bis Südafrika und umfasst somit die gesamte Westküste Namibias.«

Die Sicht ist schlecht, dichte Nebelschwaden wabern über die Landschaft.

»Das sind die Küstennebel«, erklärt Bernd.

Die Straße verschwindet manchmal fast unter dem Sand, den der Wind hier abgelagert hat.

»Bald erreichen wir Lüderitz. Dies ist nicht nur die älteste Stadt Namibias, sondern auch der Ausgangspunkt der deutschen Kolonialherrschaft, über die ich euch in Windhoek schon einiges erzählt habe«, sagt Bernd. »1883 erwarb der Bremer Kaufmann Adolf Lüderitz die Bucht, die damals noch Angra Pequena, kleine Bucht, hieß. Er veranlasste das Deutsche Reich ein Jahr später, die Rolle der Schutzmacht zu übernehmen. Dies war die Geburtsstunde von Deutsch-Südwestafrika. Adolf Lüderitz ist übrigens während einer Expedition 1886 auf dem Seeweg zurück nach Angra Pequena verschollen. Ihm zu Ehren wurde Angra Pequena in Lüderitzbucht umbenannt. Und mittlerweile sagt man nur noch kurz und bündig Lüderitz.«

»Von wem hat denn dieser Adolf Lüderitz die Bucht gekauft?«, will Sven wissen.

»Von den Nama, die in Südnamibia heute noch ihr traditionelles Siedlungsgebiet haben«, antwortet Bernd. »Aber schon bald gab es Unstimmigkeiten und Meinungsverschiedenheiten über den Inhalt der Verträge und die Nama fühlten sich übervorteilt.«

Bernd seufzt hörbar.

»Ein weites Feld, die Kolonialgeschichte. Wenn ihr hierüber Näheres erfahren wollt, lest das einmal in Büchern nach.«

Die Straße windet sich nun hinunter nach Lüderitz, und Bernd schlägt vor: »Wir schauen uns die Stadt jetzt zu Fuß aus der Nähe an.«

Es mutet den Jungen schon seltsam an, dieses Städtchen im südwestlichen Zipfel von Afrika, am Atlantischen Ozean gelegen, von Wüste umgeben und mit einer deutschen Vergangenheit, wie man an der eindrucksvollen Architektur vieler Gebäude noch deutlich sehen kann.

»Dies ist die Felsenkirche, die auf dem Diamantberg hoch über der Stadt steht«, sagt Bernd.

Von hier oben haben sie einen eindrucksvollen Blick über Lüderitz bis hin zu den Hafenanlagen.

»Es handelt sich«, fährt Bernd fort, »um eine evangelisch-lutherische Kirche im neugotischen Stil, die 1912 eingeweiht wurde und als Wahrzeichen der Stadt gilt. Lasst uns kurz hineingehen.«

»Wenn's denn der Wahrheitsfindung dient«, flüstert Tim Sven ins Ohr, eine Redewendung, die er des Öfteren von seinem Vater gehört hat.

Auch Sven ist nicht gerade begeistert:

»Warum Erwachsene immer in Kirchen und Museen latschen müssen, wenn sie in fremden Städten sind.«

Dann fällt ihm ein, dass Bernd die Kirche mit Sicherheit schon von innen gesehen hat und ihnen mit der Besichtigung nur einen Gefallen tun will, und er fügt hinzu:

»Ach, wird wohl nicht so schlimm werden.«

Mit dieser Vermutung soll er recht behalten, denn Bernd will ihnen lediglich die schönen Buntglasfenster zeigen. Auf einem der Seitenfenster erkennen sie das Porträt von Martin Luther. Der Altarraum wird von einem dreiteiligen Lanzettfenster beherrscht, ebenfalls aus buntem Bleiglas gefertigt.

»Auch dieses Fenster wurde von Kaiser Wilhelm gestiftet«, sagt Bernd, »genauso wie die drei …«

»… Buntglasfenster in der Christuskirche in Windhoek«, beendet Sven den Satz.

»Respekt.«

Anerkennend klopft Bernd Sven auf die Schulter.

»Ihr behaltet sogar, was ich euch erzähle.«

Die Jungen spüren deutlich, dass er sich darüber freut.

Etwas unterhalb der Felsenkirche weist Bernd die Jungen auf ein auf Felsen errichtetes weißes Gebäude mit rotem Dach hin, ein Ensemble aus verspielten Fachwerkgiebeln, Erkern, Balkonen und einem rechteckigen Turm.

»Das ist das Goerke Haus, eines der schönsten und aufwändigsten Gebäude der Stadt. Es wurde zwischen 1909 und 1911 gebaut, in den 1980er Jahren renoviert und vor ein paar Jahren frisch gestrichen, so dass es aussieht wie neu.«

»Es hat auch eine Sonnenuhr!«, ruft Tim und zeigt auf die Frontseite des Turms.

»So etwas war bis dahin in Südwestafrika unbekannt«, ergänzt Bernd.

Er sieht den Jungen an, dass sie erschöpft sind. Deshalb schlägt er vor:

»Es wird gleich dunkel. Lasst uns zu unserer Unterkunft gehen und zu Abend essen.«

Die beiden haben nichts dagegen einzuwenden.

Unterwegs kommen sie an einem blaugestrichenen Gebäude mit einem stilisierten großen gelben A vorbei.

»Die ehemalige Reichsapotheke«, sagt Bernd. »Und dies«, er weist auf das direkt daneben liegende Gebäude, das auf einem Bruchsteinsockel steht und ein grünes Dach hat, »ist die ehemalige Deutsche-Afrika-Bank.«

Er macht die Jungen auch noch auf das ehemalige Bahnhofsgebäude im Jugendstil aufmerksam.

Auf einem anderen Gebäude steht die Jahreszahl 1907 und in großen Buchstaben darunter KAPPS – KONZERT u. BALL – SAAL. Auf einem weiß gestrichenen Gebäude mit grünem Dach über dem Eingangsturm sieht man das Wort LESEHALLE. Daneben befindet sich eine pinkfarbene Hausfassade, über deren Eingang man TURNHALLE lesen kann.

»Könnt ihr erkennen, was das ist?«, fragt Bernd und zeigt auf den Bereich zwischen diesem Schriftzug und dem Türsturz.

»Sieht aus wie zwei große T, von denen das obere auf dem Kopf steht«, erwidert Sven.

»Könnte man meinen«, entgegnet Bernd. »Es sind aber insgesamt vier F, die spiegelbildlich nebeneinander geschrieben sind und von denen die beiden oberen tatsächlich auf dem Kopf stehen. Sie bedeuten frisch, fromm, fröhlich, frei; hierbei handelt es sich um den Wahlspruch des Männerturnvereins.«

Im Weitergehen sagt Tim: »Hätten die Menschen auf den Straßen nicht alle eine dunkle Hautfarbe, könnte man glatt denken, nicht in Afrika, sondern in Deutschland zu sein.«

Beim Abendessen erzählt Bernd:

»Seine große Blütezeit erlebte Lüderitz ab 1908, als die ersten Diamanten hier in der Gegend gefunden wurden. Damit stiegen Lüderitz und das 15 km entfernte Kolmanskuppe fast über Nacht zu den reichsten Orten Afrikas auf. Aber der Diamantenrausch währte nur wenige Jahre. – Mehr davon morgen.«

Die Jungen möchten natürlich sofort Näheres erfahren, aber Bernd lässt sich nicht erweichen.

»Morgen ist auch noch ein Tag«, sagt er nur und fügt geheimnisvoll hinzu: »Dann werdet ihr eine Geisterstadt und ein Schloss mitten in der Wüste zu Gesicht bekommen. Damit ihr fit seid, ist es besser, wenn ihr nun schlafen geht.«

Als die Jungen im Bett liegen, murmelt Tim:

»Geisterstadt, Schloss in der Wüste – ich glaub, ich spinne. Ob das stimmt? Es klingt so märchenhaft.«

»Es kommt mir zwar auch seltsam vor«, antwortet Sven, »aber bisher hat Bernd uns noch nie angelogen.«

Er denkt eine Weile nach; als er noch etwas sagen will, merkt er an den gleichmäßigen Atemzügen seines Freundes, dass Tim schon eingeschlafen ist.

Keine Fata Morgana – eine Geisterstadt, eine Wildpferdherde und ein Schloss in der Wüste

Kolmanskop

Am nächsten Tag fahren sie schon vor acht Uhr aus Lüderitz ab. Die Sicht ist klar, nur einige grauweiße Wolken ziehen am Himmel.

»Wie bereits gestern erwähnt«, sagt Bernd, »ist unser nächstes Ziel Kolmanskop oder Kolmanskuppe, die im Diamantensperrgebiet gelegene ehemalige Diamantenstadt. Seit Jahrzehnten lebt dort niemand mehr, deshalb ist es jetzt eine Geisterstadt. Um sie zu besichtigen, benötigt man eine Genehmigung, die ich in Lüderitz besorgt habe.«

Der Ort liegt tatsächlich einsam und verlassen mitten in der Wüste. Das Gelände ist allerdings weiträumig eingezäunt. Irgendwo am Zaun steht noch das alte Namensschild Kolmannskuppe, mit zwei ›n‹ geschrieben.

Eine etwas mürrisch dreinschauende Dame heißt die Gäste willkommen. Auf Deutsch erzählt sie:

»Im Jahre 1908 fand der farbige Bahnarbeiter Zacharias Lewala, als er einen Abschnitt der neuen Schienenstrecke von Lüderitz nach Keetmanshoop vom Treibsand freischaufelte, den ersten Diamanten. Er zeigte ihn seinem Vorgesetzten August Stauch, der sich umgehend die Schürfrechte sicherte. Die Kunde von dem Diamantenfund verbreitete sich bald wie ein Lauffeuer und das Diamantenfieber brach aus. Das Diamantensperrgebiet wurde proklamiert. Die Diamanten konnte man zu Beginn einfach aus dem Sand auflesen oder mit Schüttelsieben fördern. Von überall her strömten die Menschen herbei und aus dem Nichts entstand eine Stadt. Zur Blütezeit lebten hier rund 300 weiße, von denen die meisten aus Deutschland stammten, und 800 separat in Holzbaracken untergebrachte schwarze Einwohner. Von 1911 an wurde Kolmanskop mit elektrischem Strom versorgt. Monatlich brachte ein Schiff 1.000 t Frischwasser aus Kapstadt, später wurde die Wasserversorgung durch Entsalzungsanlagen bewerkstelligt. Es gab eine Schule, eine Bäckerei, ein Postamt und ein Krankenhaus, in dem das erste Röntgengerät Afrikas stand. Ob dieses Gerät tatsächlich auch dazu diente, den Diebstahl von Diamanten zu verhindern, ist nicht mehr zu belegen.

Bis zum Ausbruch des Ersten Weltkrieges holte man mehr als eine Tonne Diamanten, das entspricht über 5 Millionen Karat, aus dem Wüstensand. Das Diamantenfieber währte allerdings nicht lange: 1938 wurde die Mine in Kolmanskop geschlossen, 1956 verließ der letzte Sicherheitsbeamte die Stadt.

Von dem kurzen Aufschwung hat natürlich auch Lüderitz profitiert. Man erzählt sich die Geschichte, dass in einem Hotel die Bierzeche gleich in Diamanten abkassiert wurde.

Haben Sie hierzu noch Fragen?«

Die Dame blickt in die Runde – Sven, Tim und Bernd sind nicht die einzigen Besucher, die sich zu der Führung angemeldet haben. Tim hebt zaghaft seine rechte Hand, zieht sie aber schnell wieder zurück, weil er sich eigentlich nicht traut, vor den vielen fremden Menschen etwas zu fragen. Doch die Dame hat seine Wortmeldung schon registriert und schaut ihn aufmunternd an – jetzt sieht sie gar nicht mehr mürrisch und abweisend aus.

Tim gibt sich einen Ruck, dann fragt er:

»Was ist denn aus diesem Herrn Stauch geworden?«

Die Dame lächelt und antwortet sehr freundlich:

»Aus August Stauch ist zunächst ein vielfacher Millionär geworden. Doch als er 1947 starb, war er völlig verarmt. Zwei Mark fünfzig soll er gerade noch besessen haben. – Weitere Fragen?«

Das scheint nicht der Fall zu sein, denn niemand meldet sich mehr.

»Dann zeige ich Ihnen jetzt einige der Gebäude. – Die Materialien für die Häuser wurden übrigens aus Deutschland importiert.«

Die letzten Sätze sagt die Dame wieder in ihrem geschäftsmäßignüchternen Ton; mit einem Mal sieht sie wieder ein wenig mürrisch aus.

Sie gehen nun durch einige der Wohnräume, in denen die weißen Fachleute mit ihren Familien untergebracht waren, besichtigen ehemalige Küchen, Schlaf- und Wohnzimmer, die schön renoviert den einstigen Wohlstand heute noch erahnen lassen. Die Holzdielen der Fußböden knarren bei jedem Schritt. Die Essgruppe steht auf einem Teppich. Vor den Betten liegen Läufer und auf den Tischen Decken. Die Kleiderschränke sind ebenso aus massivem Holz wie Vitrinen, Tische und Stühle. Am Fußende eines Bettes steht sogar ein Polstersessel. Auf einem gusseisernen Herd befinden sich Schüsseln und Töpfe, auf dem großen Küchentisch davor eine eiserne Waage mit mehreren Gewichten.

»Schau mal.«

Tim stößt Sven an und deutet mit dem Kopf auf einen Kleiderschrank, dessen Mittelteil aus einer Spiegeltür besteht und an dessen linker Seite ein buntes Dirndl auf einem Bügel hängt. Vor den Fenstern hängen Gardinen, an den in unterschiedlichen Farben gestrichenen Wänden Bilder.

Neben den Wohnungen führt die Besichtigung auch noch durch Hallen, die nicht so toll hergerichtet sind und bei denen der Putz von den Wänden bröckelt. Auf einem kleinen Schild an der Wand steht: ›Auslieferungslager der Gesellschaft für Linde's Eismaschinen Aktiengesellschaft‹

»Hier wurde Stangeneis hergestellt und gratis an die Haushalte verteilt«, erläutert die Dame.

Auch eine Schlachterei mit vielen Fleischerhaken sehen sie.

Draußen stehen auf fast im Sand versunkenen Schienen mehrere Güter- und Personenwägelchen einer Schmalspurbahn.

»Die diente dem Transport von Waren und Personen innerhalb des Ortes«, erklärt die Dame.

Und auf die im Sand befindlichen Tierspuren angesprochen, sagt sie: »Die stammen von Hyänen, die nachts hier herumstreifen.«

Schließlich besichtigen sie das zweigeschossige Kasinogebäude.

»Hier spielte sich das gesellschaftliche Leben ab«, gibt die Dame Auskunft.

Das Kasino hat eine Kegelanlage mit zwei Bahnen.

»Die funktioniert noch«, führt die Dame aus.

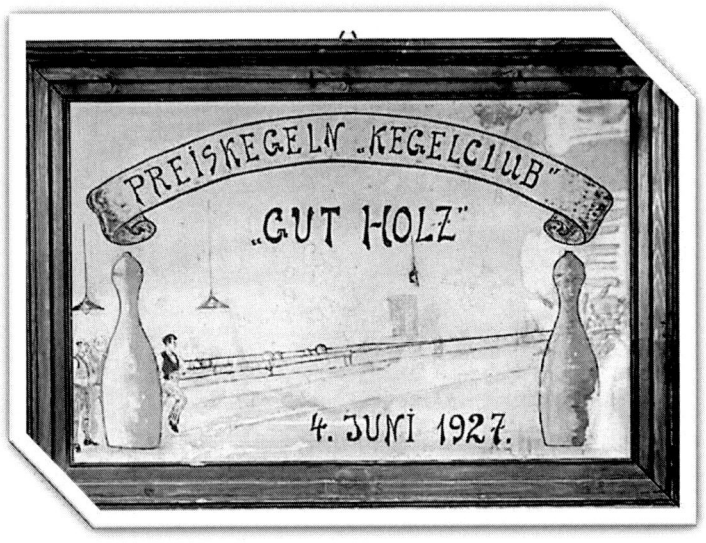

Einem großen Schild mit Holzrahmen vom 4. Juni 1927 lässt sich entnehmen, dass hier das Preiskegeln des Kegelclubs Gut Holz stattfand. Eine Turnhalle, in der noch Pferd und Barren stehen, kann man ebenso bestaunen wie eine Bühne, »auf der Musik- und Theaterensembles auftraten, die eigens aus Deutschland engagiert wurden«, wie die Dame anmerkt. Und sie fügt hinzu: »Wie Sie sehen, sollte es den Herrschaften an nichts fehlen.«

»Was natürlich nicht für die schwarzen Arbeiter galt«, knurrt Bernd leise, so dass nur Sven und Tim es verstehen.

In einem Restaurant mit dem Namen ›Ghost Town Tavern‹, Geisterstadttaverne, stehen in einer Ecke übereinander gestapelt drei riesige lederne Koffer. Auf einem großen Schild wird in drei unterschiedlichen Sprachen das Publikum vor dem Betreten des Sperrgebiets ohne Erlaubnis gewarnt und bei Zuwiderhandlung eine Geldstrafe von 500 Pfund oder 1 Jahr Gefängnis angedroht.

Dann ist die Führung vorbei, aber die Besucher dürfen noch auf eigene Faust auf dem Gelände der Geisterstadt herumlaufen.

»Wenn wir einen Diamanten finden, können wir den behalten?«, fragt Tim.

Bernd grinst.

»Es besteht eher die Möglichkeit, von einem Skorpion gestochen oder einer Schlange gebissen zu werden, wenn ihr in den Ecken herumkriecht oder Steine aufhebt, als einen Diamanten zu finden.«

Die Jungen sehen ihn etwas beklommen an.

»Ganz im Ernst«, fährt Bernd fort, »ihr seid hier in Afrika. Und Namibia gilt als Land mit der größten Schlangenpopulation Afrikas. Dennoch ist es unwahrscheinlich, auf eine Schlange zu treffen, da die meisten Schlangen vor Menschen fliehen, bevor man sie zu Gesicht bekommt. Eine Ausnahme stellt allerdings die Puffotter dar – die ist zu träge zur Flucht und dummerweise höchst giftig. Vorsicht ist also immer geboten. – Ich wollte euch keine Angst einjagen, sondern nur andeuten, dass ihr mit nahezu 100 prozentiger Wahrscheinlichkeit keinen Diamanten mehr finden werdet – dazu ist der Wüstenboden hier zu oft und gründlich durchsiebt worden. Solltet ihr aber wider Erwarten doch noch ein funkelndes Steinchen finden, dürft ihr es selbstverständlich nicht mitnehmen.«

»Dann eben nicht«, antworten die Jungen nur und rennen los, um wie von der Leine gelassene junge Hunde ausgelassen zwischen den leerstehenden Häusern herumzutollen. Die Häuser sind zum Teil bloß noch ruinenhaft erhalten, ohne Fensterglas und Türen, und die Sanddünen sind meterhoch hineingewandert. Besonderen Spaß macht es den beiden, durch die halbzugewehten Türöffnungen in die Gebäude hineinzukriechen und die Räume auf einem Sandhügel durch die Fenster wieder zu verlassen.

Zu guter Letzt besichtigen sie noch Teile der Förderanlage.

»Du Schuft, gib mir meine Diamanten zurück, die du mir geklaut hast!«, ruft Tim. »Sonst wird es dir übel ergehen.«

Drohend hat er sich im Baumhaus vor Sven aufgebaut und ihn am Kragen gepackt. Seine Miene zeigt äußerste Entschlossenheit. Sven ist von der Attacke völlig überrumpelt. Er reißt sich los und flüchtet aus dem Baumhaus, doch Tim nimmt die Verfolgung auf und holt ihn auf dem Rasen ein.

»Her mit den Diamanten. Ich hab genau gesehen, wie du sie eingesteckt hast«, schreit Tim zornbebend und nimmt Sven in den Schwitzkasten. Doch der hat sich mittlerweile von seiner Überraschung erholt. Da er der Größere und Stärkere ist, kann er sich befreien.

»Okay Tim, jetzt reicht es«, keucht er außer Atem und stößt seinen Freund mit einem kräftigen Schlag vor die Brust von sich weg. Der ist mit einem Mal wieder vollkommen ruhig.

»Da ist wohl meine Fantasie mit mir durchgegangen«, sagt er und reicht Sven die Hand.

»Na ja, kein Wunder, wenn man sich so lange in einer Geisterstadt aufhält«, sagt der und schlägt ein.

Nachdem Tim eine Flasche Kakao und eine Packung Kekse geholt hat, klettern sie wieder in das Baumhaus. Die Reise kann weitergehen.

Wüstenpferde

Bei Garub blicken sie über die mit Gräsern und einzelnen Sträuchern spärlich bewachsenen Schotterflächen der Namib. Bernd hat sein Fernglas an die Augen gesetzt und hält Ausschau nach den Wüstenpferden, die sich in dieser Gegend aufhalten.

»Als wir gestern auf dem Weg nach Lüderitz hier vorbeigekommen sind, hatte es wegen des Nebels überhaupt keinen Zweck, nach den Wildpferden zu gucken, aber heute müsste man sie eigentlich sehen können«, sagt er.

Sorgfältig sucht er Zentimeter für Zentimeter ab.

»Ich hab sie entdeckt!«, ruft er nach einer Weile, »da hinten sind sie, vor der Hügelkette.«

Vier Hände recken sich ihm entgegen und greifen nach dem Fernglas.

»Wie wäre es, wenn ihr nacheinander hindurchschaut?«, lacht Bernd, »gleichzeitig geht schlecht«, und er reicht das Fernglas zuerst Tim.

Der muss es zunächst auf seine Augen einstellen, bevor er etwas erkennen kann.

»Jetzt seh ich sie!«, ruft er triumphierend.

Er versucht die Pferde zu zählen, aber das erweist sich auf die große Entfernung als unmöglich.

»Dürfte ich nun auch einmal?«, fragt Sven ungeduldig.

Widerstrebend übergibt ihm Tim das Fernglas.

»Ich schätze, es sind mindestens 100 Pferde«, sagt Sven schließlich.

»Gut möglich«, bemerkt Bernd. »Die Größe der Herde schwankt zwischen 80 und 250 Tieren.«

»Und wo kommen die her?«, will Tim wissen.

»Das ist nicht mit letzter Sicherheit zu sagen«, entgegnet Bernd. »Es gibt hierzu verschiedene Theorien, wie zu so vielen Dingen im Leben. Die eine besagt, dass die ersten Pferde auf einem Ende des 19. Jahrhunderts südlich der Oranje-Mündung gestrandeten Frachter eingeführt wurden. – Der Oranje ist der Grenzfluss zu Südafrika«, fügt er erklärend hinzu.

»Und was sagt die zweite Theorie?«, fragt Sven, der nun ebenfalls neugierig auf die Herkunft der Namib-Wüstenpferde geworden ist.

»Der zweiten Theorie zufolge stammen die Pferde aus der Zucht des Barons von Wolf ...«

»Ein Wolf züchtet Pferde, witzig«, wirft Tim ein.

Bernd muss über diese Anmerkung lachen.

»Unter dem Aspekt habe ich das noch gar nicht gesehen.«

Dann fährt er fort: »Diesen deutschen Baron werdet ihr noch näher kennenlernen.«

»Lebt der noch?«, fragt Sven.

»Nein, das nicht. Aber er war der Hausherr von Schloss Duwisib, das wir heute Nachmittag besichtigen werden. – Also, gemäß dieser zweiten Theorie sind einige der von ihm gezüchteten reinrassigen Pferde ausgebrochen und zu der Wasserstelle Garub gelaufen.«

»Gibt es noch mehr Theorien?«, fragt Sven.

»Eine weitere These, die für die meisten Fachleute die wahrscheinlichste ist«, erwidert Bernd, »sieht die Tiere als Nachkommen von Pferden der deutschen Schutztruppe, möglicherweise auch der südafrikanischen Armee, aus der Zeit des Ersten Weltkrieges. – Wie dem auch sei, fest steht, dass die Pferde bereits seit gut 90 Jahren in der Namib leben und sich den Bedingungen der Wüste angepasst haben.«

Bernd schaut auf seine Armbanduhr.

»Wir haben heute noch einen weiten Weg vor uns. Deshalb sollten wir nun weiterfahren.«

»Hüüü!«, schreit Tim und die Jungen galoppieren die wenigen Meter zum Auto hinüber.

Bernd folgt ihnen grinsend.

Schloss Duwisib

Nun sind sie stundenlang in nördlicher Richtung unterwegs. Ab und zu fallen den Jungen die Augen zu, aber sie haben ja einen aufmerksamen und wachsamen Fahrer. Spannend wird es dann, wenn sich die Schotterpiste wie in ein Wellental senkt, um dann wieder zum Kamm anzusteigen und sich in das nächste Wellental zu senken. Das verursacht ein mulmiges Gefühl im Magen, wie auf einer Achterbahn.

Am frühen Nachmittag erreichen sie dann das, was man inmitten der Wüste am wenigsten erwarten würde: Ein Schloss.

»Der von mir heute Morgen bereits erwähnte sächsische Baron und Offizier der deutschen Schutztruppe Hansheinrich von Wolf ließ sich im Jahr 1908 Schloss Duwisib bauen. 1909 konnte er es mit seiner reichen amerikanischen Ehefrau beziehen. Im Laufe der Zeit kaufte er immer mehr Land dazu, bis das Anwesen schließlich insgesamt 55.000 ha umfasste. Neben Schafen und Rindern züchtete der Baron auch Pferde. Die Eheleute konnten allerdings nur fünf Jahre das Leben auf ihrem Schloss genießen. Während einer Englandreise, die sie 1914 antraten, erfuhren sie vom Ausbruch des Ersten Weltkriegs. Von Wolf meldete sich als Offizier bei der Deutschen Armee und zog für sein Vaterland in den Krieg. 1916 fiel er in Frankreich. Seine Frau kehrte auch nie wieder nach Südwestafrika zurück.«

Als sie am Schloss angelangt sind, rutscht Tim »geil« heraus. Schnell fügt er hinzu: »Sieht aus wie eine Ritterburg.«

Und tatsächlich hat das aus Natursteinen errichtete Schloss mit hohem Eingangsturm, vier breiten Ecktürmen und Zinnen einen burgartigen Charakter.

»Ein Köcherbaum«, sagt Sven und geht auf den vor dem Eingang stehenden Baum zu. Dann betrachten die Jungen interessiert die Fassade des Schlosses. Bernd nutzt die Gelegenheit zu einigen Erläuterungen.

»Als Vorbilder für Schloss Duwisib dienten verschiedene Forts der Schutztruppen hier in Südwestafrika. Deshalb wirkt es auch wie eine Befestigungsanlage oder, wie Tim treffend gesagt hat, wie eine Ritterburg. Bis auf die Bausteine, roter Sandstein aus einem nahen Steinbruch, wurde das gesamte Baumaterial sowie das Mobiliar aus Deutschland per Schiff bis Lüderitz transportiert und mit 20 Ochsengespannen über 600 km weit durch die Wüste gekarrt.«

»Stramme Leistung«, bemerkt Sven anerkennend.

»Kann man wohl laut sagen«, stimmt Tim zu.

»Schloss Duwisib ist in gewisser Weise«, fährt Bernd fort, »eine europäische Gemeinschaftsproduktion. Der Architekt war ein Deutscher, die Steinmetze kamen aus Italien, die Zimmerleute aus Skandinavien und die Bauarbeiter aus Irland. – Lasst uns das Schloss kurz von innen anschauen, wenn ihr Lust dazu habt.«

Die Jungen sind einverstanden. Bernd zahlt den Eintritt, und sie besichtigen die imposanten Räumlichkeiten, Rittersaal, Bibliothek, Herrenzimmer, Biedermeiersalon und Esszimmer. Die Räume sind mit alten, wertvollen Möbeln, Bildern und Kupferstichen ausgestattet, an den Wänden hängen Waffen aus dem 18. und 19. Jahrhundert. Sie gehen eine schmale Treppe hinauf, die zu einer auf romanischen Bögen und Säulen ruhenden Galerie führt.

»Die beiden Fotos links und rechts der Eingangstür«, erwähnt Bernd, »zeigen den amtierenden Präsidenten Namibias, Hifikepunye Pohamba, und seinen Vorgänger, Sam Nujoma. Letzterer hat 1958 die OPO, die Ovamboland People`s Organisation, gegründet, aus der 1960 die SWAPO, die South West Africa People`s Organisation, wurde, die später einen bewaffneten Unabhängigkeitskampf gegen die südafrikanische Herrschaft führte. 1990 ist Sam Nujoma zum ersten Präsidenten der Republik Namibia gewählt worden.«

Schließlich gehen sie in den schönen, gepflegten Innenhof mit den prächtigen Jakaranda-Bäumen.

»Wenn ich die Herren jetzt noch zu einem Kakao und einem Stück Apfelkuchen einladen darf?«, fragt Bernd.

Sven und Tim lassen sich nicht zwei Mal bitten, und so marschieren sie raschen Schritts zu dem kleinen, hinter dem Schloss gelegenen Café.

Beim Eintreffen auf der Gästefarm, die heute ihr Übernachtungsquartier ist, unterhält sich Bernd auf Englisch mit zwei weiblichen Angestellten, deren Haut in etwa die Farbe von dunklem Milchkaffee hat. Dann bittet er die beiden Frauen, einige Sätze in ihrer Muttersprache zu sagen. Sie nicken freundlich und erzählen etwas, das weder Bernd noch Sven und Tim verstehen. Aber darauf kommt es auch gar nicht an. Bernd will einfach nur, dass die Jungen der Sprache ein paar Sätze lang lauschen können.

»Thank you«, bedankt er sich.

Die Frauen grinsen, ein wenig verlegen, übers ganze Gesicht.

»You`re welcome«, entgegnen sie.

Bernd wendet sich den Jungen zu: »Soeben habt ihr eine der in Namibia lebenden Ethnien kennengelernt, nämlich zwei Nama-Frauen.«

»Die waren ja wirklich nett, aber gesprochen haben sie ziemlich seltsam«, findet Tim und versucht grimassierend, die merkwürdig klingenden Laute nachzuahmen, die er soeben zum ersten Mal in seinem Leben gehört hat.

»Das liegt daran, dass ihre Sprache Khoi-khoi Schnalz- und Klicklaute enthält«, erklärt Bernd. »Bis Mitte des 20. Jahrhunderts wurden sie von den Europäern als ›Hottentotten‹ bezeichnet, weil ihre Sprache die ersten Siedler an Stottern, auf Holländisch hütten-tüt, erinnerte.«

»Ich weiß auch noch«, bemerkt Sven, »dass meine Großeltern früher, wenn ich zum Beispiel mein Zimmer nicht aufgeräumt hatte, missbilligend gesagt haben: ›Aber Junge, du musst doch etwas Ordnung halten, wir sind doch nicht bei den Hottentotten.‹ Oder: ›Bei dir sieht es aus wie bei den Hottentotten.‹ Ich habe mich immer über diesen Begriff gewundert.«

»Er enthält schon einen abwertenden Beiklang und ist deshalb nicht mehr gebräuchlich«, sagt Bernd, »was aber nicht heißt, dass er von manchen Leuten nicht immer noch verwendet wird. Besonders von denen, die sich noch immer als Kolonialherren fühlen.«

Seiner Stimme ist deutlich Verärgerung anzuhören.

Nach dem Abendessen, als sie vom Speiseraum zu den kleinen Apartmenthäuschen hinübergehen, ist es bereits stockdunkel. Am tiefblauen Nachthimmel glänzen unzählige Sterne. Bernd bleibt stehen und weist nach oben.

»Seht ihr die beiden hellen Sterne und daneben die vier, die ein etwas schiefes Kreuz bilden?«, fragt er. »Das ist das Kreuz des Südens. Anhand dieses Sternbildes lässt sich auch die südliche Himmelsrichtung bestimmen, deshalb kann man es als nächtliche Navigationshilfe benutzen: Wenn man die Längsachse des Kreuzes um das Fünffache verlängert und an diesem Punkt ein Lot bildet, liegt an der Stelle, wo das Lot auf den Horizont trifft, die Südrichtung. – Kompliziert, oder?«

Doch die Jungen nicken verstehend.

»Der Himmel sieht aus, als ob an ihm lauter Diamanten funkeln«, sagt Tim.

»Die vielen Sonnentage bedeuten entsprechend viele sternenklare Nächte«, erläutert Bernd. »Darüber hinaus ist, wie ihr sicherlich schon bemerkt habt, die Luftfeuchtigkeit gering, ebenfalls – durch das Fehlen von Industrie – die Luftverschmutzung. All das macht den Blick in den namibischen Nachthimmel zu einem faszinierenden Erlebnis.«

Sven und Tim starren noch immer beeindruckt nach oben.

Irgendwann legt Sven seine Hände in den Nacken und sagt: »Wenn ich meinen Kopf noch länger so halte, fällt er mir gleich vom Hals runter.«

Tim schweigt, klappert nur vernehmbar mit den Zähnen.

»Tja, die Nächte hier sind lausig kalt«, wirft Bernd ein. »Am besten ist es, wir gehen jetzt in unsere Zimmer.«

Im Herzen der Namib

In den Namib-Naukluft Nationalpark

Am nächsten Morgen werden die Jungen in aller Herrgottsfrühe durch lautes Klopfen an der Tür geweckt.

»Good morning!«, ruft eine Stimme von draußen, wo es noch stockdunkel ist.

»Good morning«, antwortet Sven schläfrig, um deutlich zu machen, dass er das Klopfen gehört hat. Er dreht sich zu Tim, der unbeeindruckt neben ihm weiterschläft. Sven schüttelt ihn an der Schulter: »Aufwachen!«

Tim fährt im Bett hoch.

»Was ist los?«, fragt er und kann nicht glauben, dass sie schon aufstehen sollen.

Aber Bernd hat es ihnen gestern Abend nachdrücklich eingeschärft: »Morgen früh brechen wir sehr zeitig auf, damit wir bei Sonnenaufgang an den Dünen sind.«

Und jetzt ist es morgen früh, beinahe jedenfalls, denn gefühlt ist es eigentlich noch mitten in der Nacht.

Die Jungen reiben sich den Schlaf aus den Augen. Bevor sie in ihre Schuhe schlüpfen, leuchten sie mit einer Taschenlampe hinein.

»Besser ist besser«, hat Bernd ihnen gesagt. »Skorpione lieben geschützte, warme Plätze.«

»In deine brauchst du eigentlich gar nicht zu leuchten, denn Käsegeruch mögen Skorpione bestimmt nicht«, frotzelt Sven und löst im Handumdrehen eine Kissenschlacht aus. Die wird allerdings abrupt beendet, als es erneut energisch gegen die Tür klopft. Dieses Mal ist es Bernd, der unmissverständlich zur Eile treibt.

Statt eines Frühstücks gibt es nur Tee und etwas trockenes Gebäck. Außerdem bekommt jeder ein Lunchpaket. Dann steigen sie ins Auto und starten in die Nacht hinein.

Wegen der Dunkelheit gibt es außerhalb der Scheinwerferkegel nichts zu sehen. Deshalb sind die Jungen bald wieder eingeschlafen. Vorher hat Tim aber Bernd noch ermahnt:

»Wenn ein Löwe oder ein Leopard auftaucht, musst du uns sofort wecken.«

»Ay ay Sir, wird gemacht«, hat Bernd geantwortet.

Es erwies sich jedoch als nicht erforderlich, und so werden die beiden erst wieder wach, als Bernd vor einem Zugangstor in der Form von Dünen anhält.

»Das Dünengebiet um das Sossusvlei ist Teil des Namib-Naukluft Nationalparks«, erklärt er. »Eingelassen werden nur Tagesbesucher. Die Tore werden bei Sonnenaufgang geöffnet und bei Sonnenuntergang geschlossen. Dann müssen alle Besucher den Park verlassen haben.«

Sven schaut auf die Uhr am Armaturenbrett und gähnt herzhaft. Es ist noch keine sieben Uhr. Aber trotz der frühen Stunde sind sie nicht die einzigen. Mehrere Fahrzeuge, darunter ein Bus, warten bereits auf die Öffnung des Tors.

»Warum sind die Leute denn so versessen darauf, möglichst früh hierher zu kommen?«, fragt Sven.

»Es ist ja beinahe wie bei Aldi, wenn die Computer verkaufen. Dann stehen die Menschen auch schon vor Geschäftsbeginn Schlange«, ergänzt Tim.

Bernd schmunzelt über den Vergleich.

»Glücklicherweise ist dieses Warten aber die einzige Gemeinsamkeit zwischen dem Namib-Naukluft Park und einem Lebensmitteldiscounter, der ab und zu Computer im Sortiment hat. Es gibt ja auch nichts zu kaufen, dafür allerdings jede Menge zu sehen. – Den Grund dafür, direkt bei Sonnenaufgang hier zu sein, werdet ihr gleich erleben.«

Sie passieren das Eingangstor und folgen der asphaltierten Straße.

»Schaut mal, Strauße!«, ruft Sven nach einer Weile.

Auf der von trockenem, gelbem Gras bewachsenen Schotterfläche, die sich zur Linken bis an die in der Ferne erkennbaren blauschwarzen Berge erstreckt, schreiten gemächlich zwei der großen Vögel.

»Strauße sind die größten lebenden Vögel«, erläutert Bernd. »Sie sind flugunfähig und können bis zu 150 kg schwer werden.«

»Dann wiegen sie mehr als ein Schwergewichtsboxer«, bemerkt Tim.

»150 kg ist das durchschnittliche Gewicht eines Sumo-Ringers«, entgegnet Bernd und führt weiter aus: »Ein Straußenei wiegt ungefähr 1 kg, und sein Inhalt entspricht dem von über 20 Hühnereiern. – Das Tier mit dem schwarzen Gefieder ist übrigens das Männchen, während das Weibchen bräunlich gefärbt ist.«

Die Jungen sehen den Straußen so lange nach, bis diese aus ihrem Blickfeld verschwunden sind.

Nun tauchen links und rechts die ersten roten Sanddünen auf. Bernd hält an und sie gehen einen kleinen, mit vereinzelten grünen Grasbüscheln bewachsenen Sandhügel hinauf, der sich rechts neben der Straße erhebt. Von hier haben sie einen guten Überblick über die Landschaft jenseits der Straße, eine weite Ebene.

»Seht ihr da hinten die Baumreihe?«, fragt Bernd und weist auf ein Band grüner Bäume, das sich in einiger Entfernung fast parallel zur Straße hinzieht. »Da unten fließt der Tsauchab.«

Tim kneift die Augen zusammen und beschirmt sie mit seiner rechten Hand.

»Ich kann kein Wasser erkennen«, sagt er schließlich.

»Ich auch nicht«, erwidert Bernd. »Der Tsauchab ist ein Trockenfluss, der nur ganz selten Wasser führt. Aber an der Flussoase, die sich dort unten durch die Wüste zieht, ist er trotzdem erkennbar. – Bis in den Atlantik schafft er es allerdings nicht mehr.«

Giganten aus Sand – die roten
Dünen der Namib

Sie fahren weiter, bis Bernd irgendwann erneut anhält.

Nachdem sie das Auto verlassen haben, betrachten sie die Dünen, die sich entlang des Horizonts erstrecken.

»Versteht ihr nun, warum die meisten Menschen Wert darauf legen, möglichst früh hierher zu kommen?«, fragt Bernd.

Die Jungen nicken. Sie sind überwältigt von dem Anblick der großen Sandgebilde, die sich vor dem azurblauen wolkenlosen Himmel aprikotfarben abheben. Die Dünen links der Straße liegen mit ihrer rechten Seite in tiefem Schatten, während bei den Dünen rechts von der Straße die linke Seite die sonnenabgewandte ist.

»Das ist ja eine richtige Postkartenansicht«, sagt Sven.

»Genau dieser kontrastreiche Licht/Schatten-Effekt ist natürlich faszinierend – und darüber hinaus äußerst fotogen«, bekräftigt Bernd.

Beim nächsten Stopp weist Bernd auf die linker Hand liegende Düne:

»Das ist die berühmte Düne 45.«

»Das hat bestimmt etwas mit dem Ende des Zweiten Weltkriegs zu tun«, mutmaßt Sven.

»Ihr seid wirklich clevere Burschen und verfügt offenbar über gesunde geschichtliche Kenntnisse«, sagt Bernd lobend, »aber diese 45 bezieht sich nicht auf die Jahreszahl 1945, sondern stellt ganz schlicht die Entfernungsangabe 45 km vom Eingangsbereich dar. – Fällt euch nichts auf?« Und er reicht Sven sein Fernglas.

»Da gehen ja Leute rauf«, stellt der erstaunt fest.

Nun schaut auch Tim durch das Fernglas:

»Ist ja geil. – Können wir da auch mal hoch?«

Bernd schüttelt den Kopf.

»Auf die nicht«, sagt er, »aber keine Sorge, ihr werdet noch zu *Bergsteigern* werden. Habt noch ein wenig Geduld.«

Nach einiger Zeit erreichen sie einen Parkplatz.

»So, nun heißt es für uns: Umsteigen«, sagt Bernd. »Ab hier kann und darf man nur noch mit geländegängigen Allradfahrzeugen weiterfahren.«

Sie gehen auf einen offenen Geländewagen zu, neben dem ein schwarzer Fahrer steht. Während der anschließenden fünf Kilometer langen Fahrt unterhält sich Bernd auf Englisch mit ihm und erfährt, dass er James heißt und ein Kavango ist. Auf Nachfrage von Sven erklärt Bernd:

»Die Kavango leben im Nordosten von Namibia, an den Ufern des Okawango-Flusses, der die Grenze zu Angola bildet.«

Die Fahrtstrecke hat es in sich. Die Jungen sind begeistert, wie sich der Wagen durch den Tiefsand kämpft, manchmal geradezu zu schwimmen scheint. Es ist wahrhaft ein besonderes Fahrgefühl.

Bald sind sie am Ziel, dem Sossusvlei, angelangt. Nachdem Bernd mit James einen Zeitpunkt zum Abholen ausgemacht hat, fährt dieser wieder zurück. Als erstes machen sich nun alle drei über den Inhalt der Lunchpakete her, der aus belegten Brötchen, einem gekochten Ei, Joghurt, Keksen, einem Riegel Schokolade, einem Apfel, einer Orange und einem Päckchen Saft besteht.

»Aber keinen Abfall wegwerfen«, mahnt Bernd und packt alles in seinen Rucksack. »Wir wollen die grandiose Landschaft nicht mit Müll verschandeln.«

Sven und Tim stimmen ihm zu.

Zu Fuß streifen sie nun durch die Dünenlandschaft des Sossusvlei, während Bernd erzählt:

»Ein Vlei ist eine flache Senke oder Pfanne, in der sich nach Regen Wasser ansammeln kann. Das Sossusvlei stellt eine große, abflusslose Lehmbodensenke dar, eingeschlossen von diesen beeindruckenden, teilweise über 300 Meter hohen Dünen, die als die höchsten Dünen der Welt gelten. Die Senke ist meistens vollkommen ausgetrocknet, genauso wie jetzt. Lediglich nach besonders starkem Regen, wenn der Tsauchab extrem viel Wasser führt, gelangt Wasser bis in das Sossusvlei und es entsteht für kurze Zeit ein See. Aber ihr seht, dass auch im ausgetrockneten Vlei noch Leben existiert, wie zum Beispiel die Kameldornbäume, die mit ihren langen Wurzeln das unter der trockenen Kruste gespeicherte Wasser erreichen können. Oder auch das Schilfgras, das die Tonpfanne säumt. – Sossus kommt übrigens aus der Nama-Sprache und bedeutet so viel wie *blinder Fluss*.«

Tim denkt über diesen Namen nach, dann sagt er:

»Klarer Fall. Wenn der Tsauchab überhaupt bis hierher kommt, versickert er *blindlings* in diesem Vlei.«

»Du bist ein pfiffiges Kerlchen«, lacht Bernd und haut Tim freundschaftlich auf die Schulter.

»Und?«, fragt Tim nach einer Weile des Schweigens.

Bernd tut so, als wisse er nicht, was Tim meint.

»Was heißt: Und?«, gibt er die Frage zurück.

»Na, dürfen wir nun auf eine Düne klettern?«

»Wenn ihr euch das zutraut. Wie wäre es mit der da?«

Bernd deutet auf eine große Düne, die sich wie ein mächtiger Berg vor ihnen erhebt.

»O ja, klasse!«, rufen die Jungen und rennen auf die Flanke der Düne zu, um auf direktem Weg den Aufstieg zu bewerkstelligen. Sie sinken fast knietief in dem lockeren Sand ein, machen zwei Schritte vor, einen zurück.

Sven blickt an der glatten Sandfläche nach oben und sagt zu Tim: »Das packen wir nie.«

Erst jetzt wird den Jungen bewusst, dass Bernd nicht hinter ihnen her klettert. Stattdessen steht er seelenruhig mit vor der Brust verschränkten Armen am Fuß der Düne und blickt zu ihnen herauf.

»Was ist los?«, ruft er ihnen zu.

»Es ist verdammt schwierig und anstrengend!«, ruft Sven nach unten.

»Das glaube ich gern. Deshalb kommt am besten zurück, damit wir es zu dritt versuchen«, entgegnet Bernd.

»Aber dann kannst du doch besser zu uns kommen, wir haben doch schon ein Stück geschafft«, erwidert Tim irritiert, doch Bernd schüttelt nur den Kopf und rührt sich nicht vom Fleck.

»So ein Sturkopf«, schimpft Tim, macht aber doch Anstalten, umzukehren.

Auch Sven tritt den Rückweg an.

Als sie bei Bernd angelangt sind, können sie ihre Empörung kaum verbergen, auch wenn sie nichts sagen. Dafür spricht Bernd:

»Ihr seid so schnell losgelaufen, da hatte ich überhaupt keine Chance, euch ein paar Tipps zu geben. Jetzt habt ihr wahrscheinlich selber gemerkt, dass der von euch gewählte Weg kaum zum Erfolg führt. Viel sinnvoller ist es, zum Besteigen einer Düne den Weg über den Kamm zu nehmen.«

Mit diesen Worten dreht er sich um und marschiert auf den *Anfang* der Düne zu. Sven und Tim folgen ihm. Bernd geht nun mit ruhigen, gleichmäßigen Schritten immer am Grat der Düne entlang. Mittlerweile hat sich auch ein starker Wind aufgetan, der den losen feinen Sand kräftig durch die Luft wirbelt und ihn in Augen, Nase, Mund und Ohren weht. Wenn sich Sven und Tim dicht hinter Bernd halten, sind sie vor dem Flugsand ein wenig geschützt. Hinzu kommt, dass sie in Bernds Fußstapfen treten können, was den Aufstieg ungemein erleichtert. Allerdings ist der *Gipfelsturm* auch so noch mühsam genug. Deshalb legen sie des Öfteren kurze Pausen ein. Zwischendurch probiert Sven einmal, direkt auf dem

Grat zu gehen, doch er rutscht nach links und rechts ab und kommt fast gar nicht von der Stelle. Deshalb tritt er wieder in die Fußabdrücke des vor ihm gehenden Bernd, die sich stets einige Zentimeter neben dem Grat in den Sand gegraben haben. Endlich ist es vollbracht. Sie sind oben angekommen.

Keuchend müssen sie erst einmal verschnaufen.

Sie schauen sich um und genießen den Anblick der märchenhaften Wüstenlandschaft, die sich in Gold- und Orangetönen vor ihnen ausbreitet.

»Cool«, sagt Sven.

Tim bleibt stumm, als habe es ihm die Sprache verschlagen.

»Von hier oben könnt ihr gut erkennen, warum diese Dünen ›Sterndünen‹ genannt werden«, erläutert Bernd. »Ihr seht, dass die Kämme von der Spitze aus in drei oder mehr verschiedene Richtungen verlaufen – das Resultat der ständig aus unterschiedlichen Himmelsrichtungen wehenden Winde, die diese bizarre Landschaft geformt haben und sie immer noch täglich verändern.«

Die Jungen haben sich mittlerweile in den weichen Sand gesetzt und machen den Eindruck, so schnell nicht wieder aufstehen zu wollen. Doch Bernd unterbreitet ihnen einen Vorschlag:

»Wir können uns hier oben noch länger aufhalten, wir können aber auch einen Abstecher zum Deadvlei machen, das sich ein Stückchen südwestlich von hier befindet.«

»Deadvlei, das klingt düster und geheimnisvoll«, erwidert Sven.

»In der Tat«, fährt Bernd fort. »Und es sind nicht wenige Leute, die das Deadvlei für schöner und interessanter halten als das Sossusvlei.«

Schon hat die Neugier der Jungen gesiegt.

»Und wie kommen wir hier runter? Denselben Weg zurück?«, fragt Tim.

Statt einer Antwort betritt Bernd rasch die steile Dünenflanke, breitet ein wenig seine Arme aus und läuft halb rutschend mit

Riesenschritten den Sandberg hinunter, wobei er sich mit rudernden Armbewegungen im Gleichgewicht hält. Die Jungen blicken ihm nach, dann traut sich Sven ebenfalls und saust fast wie ein Skifahrer den Hang hinunter. Als er Bernd erreicht hat, dreht er sich um und muss herzhaft lachen: Tim ist nach wenigen Metern seines Abstiegs in den Sand gefallen und zieht es nun vor, auf dem Hosenboden die Abfahrt fortzusetzen. Als er ebenfalls am Fuß der Düne angelangt ist, ruft er begeistert:

»Das war richtig geil!«

»Ich habe die halbe Namib in meinen Schuhen«, sagt Sven.

»Da bist du wohl nicht der einzige«, entgegnet Bernd.

So gut es möglich ist, schütteln sie den Sand aus ihren Schuhen. Dann machen sie sich auf den Weg durch die Wüste, zum Deadvlei.

Unterwegs fragt Bernd leichthin:

»Na ihr Helden, wie wär' es mit einem weiteren kleinen Gipfelsturm?«

Er hat die Frage nicht ernst gemeint, denn zwei (Sand-) Berge kurz nacheinander bezwingen zu wollen …

»Oh ja, klasse!«, ruft Sven, während Tim laut in die Hände klatscht und »prima, echt geil!« ausruft.

Bernd ist so überrascht, dass er spontan stehen bleibt und die beiden anstarrt.

»Wollt ihr wirklich noch mal auf eine Düne steigen?«, fragt er ungläubig.

Sein entgeisterter Gesichtsausdruck lässt die Jungen breit grinsen.

»Na klar, was denn sonst?«, antwortet Sven.

Tim hat schon die ersten Höhenmeter, dicht neben dem Grat gehend, gemacht und ruft ausgelassen:

»Was ist mit dir? Keine Kondition mehr?«

Bernd droht ihm scherzhaft mit dem Zeigefinger:

»Warte, Bürschchen.«

Dann stapft er hinter den Jungen her. Sie legen ein paar kleine Verschnaufpausen mehr ein als beim ersten Aufstieg, aber schließlich haben sie tatsächlich den Gipfel der Düne erreicht.

»Respekt, Respekt, Jungs«, sagt Bernd, hörbar schnaufend. »Dass ihr so gut drauf seid, hätte ich nicht gedacht.«

Die Jungen sind zwar ebenfalls außer Atem, aber bester Laune. Bernds Lob spornt sie zusätzlich an.

»Was ihr hier seht, ist das Deadvlei«, erläutert Bernd, nachdem er wieder zu Atem gekommen ist. »Im Gegensatz zu den Kameldornbäumen im Sossusvlei sind diese hier abgestorben.«

»Daher der Name Dead-Vlei«, wirft Tim wichtigtuerisch ein.

»Genau«, fährt Bernd fort. »Das Alter dieser Kameldornbäume wird auf bis zu 500 Jahre geschätzt.«

»Und warum sind sie verdorrt?«, will Sven wissen.

»Weil das Deadvlei heutzutage durch die Dünen völlig vom Tsauchab abgeschnitten ist und somit auch in guten Regenzeiten nicht mehr mit Wasser versorgt wird.«

»Wirkt irgendwie gruselig, das Deadvlei«, sagt Sven.

»Lasst es uns aus der Nähe ansehen«, schlägt Bernd vor, und nun rutschen sie mit übermütigem Kreischen und Juchzen fast in einer Reihe den Dünenhang hinab; direkt in das Deadvlei hinein.

»Einige der vertrockneten Bäume sehen wie Dinosaurierskelette aus«, findet Tim und deutet auf Kameldornbäume, deren Äste sich über den hellen Boden der Salztonpfanne zu schlängeln scheinen.

Andere Bäume ragen einfach in gespenstischer Weise in den blauen Himmel.

»Das Reich der Untoten«, flüstert Tim.

Bernd merkt den Jungen an, dass sie sich hier nicht recht wohlfühlen.

»Dies ist sozusagen die Wüste in ihrer beklemmenden und bedrohlichen Variante«, sagt er und setzt sich in Marsch, um zum Parkplatz des Sossusvlei zurückzukehren.

Mit gemischten Gefühlen trotten die Jungen hinter ihm her.

Zur vereinbarten Zeit holt James sie mit dem Allradfahrzeug wieder ab, und durch den Tiefsand geht es zu dem Parkplatz, auf dem sie in Bernds Auto umsteigen.

»Nächstes Ziel«, verkündet Bernd, »ist der Sesriem Canyon. Dort machen wir eine Wanderung durch die Schlucht – kleiner Ersatz für den Fishriver Canyon.«

Sesriem Canyon

»Da sind wir«, sagt Bernd nach etwa anderthalbstündiger Fahrt.

Eine eher unspektakuläre graue Geröll- und Schotterfläche dehnt sich vor ihnen aus, weit im Hintergrund bildet eine rötliche Kette aus Sanddünen den Übergang zum strahlendblauen Himmel. Die Sonne steht fast im Zenit und brennt gnadenlos auf sie hernieder. Die Jungen halten Ausschau nach der von Bernd angekündigten *weiteren landschaftlichen Attraktion*. Alles, was sie entdecken, sind einige schwarze, schlanke Vögel mittlerer Größe, die auf Gesteinsbrocken sitzen. Sobald die Jungen sich nähern, fliegen sie davon. Dabei werden die weißen Flügelspitzen sichtbar.

»Das sind Bergstare«, sagt Bernd und fügt frotzelnd hinzu: »Fangen lassen die sich nicht.«

»Haha, witzig«, mault Tim.

»Der Sesriem Canyon«, erläutert Bernd, »verdankt seinen Namen dem Umstand, dass die ersten Siedler in Südwestafrika sechs aneinander geknüpfte Ochsenriemen – eben *ses riem* – benötigten, um einen Wassereimer zu den Tümpeln auf dem 30 Meter tiefen Grund hinabzulassen.«

»Gut und schön«, erwidert Sven ein wenig gereizt, »aber wo ist denn der Canyon?«

Bernd ist nicht entgangen, dass die Hitze, verbunden mit den Anstrengungen im Sossusvlei, den Jungen zu schaffen macht. Er geht mit ihnen einige Meter über die Geröllebene. Dann stehen sie unvermittelt vor einer Schlucht, die sich wie ein breiter Riss durch die Landschaft zieht. Ein Pfad führt in den Canyon hinab, der zum Glück keine allzu großen Anforderungen stellt. Und doch kommt Sven auf einem Steilstück ins Rutschen und kann nur mit Mühe einen Sturz vermeiden. Bald haben sie den sandigen Grund der Schlucht erreicht. Erfrischende Kühle umfängt sie.

»Der Ursprung des Sesriem Canyons«, erklärt Bernd, »liegt etwa 20 bis 30 Millionen Jahre zurück, als der Tsauchab Sand und Geröll hier ablagerte. Vor etwa 2 Millionen Jahren fraß sich der Fluss dann nach und nach in die verfestigten Ablagerungen und schuf so den Canyon.«

Imposant recken sich die Wände des Canyons steil in die Höhe, verengen sich an manchen Stellen zu einem nur wenige Meter breiten Spalt.

»Die Wände legen sichtbares Zeugnis von der Entstehungsgeschichte dieser Region ab«, erzählt Bernd, »man muss sie nur richtig lesen können.«

Sven zeigt auf einige grüne, strauchartige Pflanzen, die weit oben aus den Wänden der Schlucht herauszuwachsen scheinen:

»Es ist schon erstaunlich, wie wenig diese Pflanzen zum Überleben benötigen«, stellt er nachdenklich fest.

»Da hast du recht«, erwidert Bernd und macht die Jungen auf trockene Zweige und Äste aufmerksam. Sie erspähen eine kleine Höhle in der Canyonwand, hoch über ihren Köpfen.

»Das ist angeschwemmtes Treibgut. Obwohl der Tsauchab nur selten Wasser führt, wird an dem Treibholz da oben deutlich, wie hoch der Wasserstand sein kann, wenn infolge kräftiger Niederschläge aus einem Trockenfluss ein reißender Strom wird. – Es klingt zwar paradox, entspricht aber den Tatsachen, dass man in der Wüste nicht nur verdursten, sondern auch ertrinken kann.«

Beeindruckt schauen die Jungen nach oben. Da entdecken sie einige Meter weiter noch einen etwa drosselgroßen Vogel. Bernd schaut durch sein Fernglas und reicht es an die beiden anderen weiter. Nun können sie erkennen, dass es sich um einen blaugrünen Papagei mit rosafarbenem Kopf handelt.

»Das ist ein Rosenpapagei«, sagt Bernd.

Schließlich erreichen sie das Ende des Canyons, wo sich mehrere große Tümpel befinden; Insekten schwirren über der unbewegten, grünbraun schimmernden Wasseroberfläche.

»Das ist ein Lebenszeichen des Tsauchab auch in der Trockenzeit – quasi seine Visitenkarte«, lacht Bernd und wirft einen flachen Kieselstein in das Wasser.

Auf dem Rückweg zum Canyonausgang bleibt Tim abrupt stehen. Er schaut zu Boden. Zwischen Sand und Kies liegt ein hellgrauer länglicher Stein; darüber stakst gemächlich auf sechs langen Beinen ein großer, blauschwarz glänzender Käfer. Auf dem Rücken hat er kleine Hubbel.

»Das ist eine von zwei hier auf dem Canyongrund lebenden Schwarzkäferarten«, erläutert Bernd. »Eine Art des Schwarzkäfers, der tok-tokkie, ist der berühmte *Nebeltrinker*. Wenn sich Nebelbänke nähern, stellt er sich im Kopfstand auf den Dünenkamm, um das an seinem Körper herunterlaufende kondensierende Wasser zu trinken.«

»Gewusst wie«, kommentiert Sven, noch ehe Tim »geil« sagen kann.

Sundowner vor versteinerten Dünen

Unterwegs zu der Lodge, in der sie heute übernachten werden, sehen sie eine Oryx-Antilope. Als Bernd den Jungen den Namen des großen grauen Tieres mit den beiden langen spießartigen Hörnern und der auffälligen, maskenartigen schwarzweißen Gesichtszeichnung nennt, sagt Sven:

»Das also ist das Wappentier Namibias in natura.«

Bernd ist einmal mehr erstaunt, wie gut die Jungen das behalten, was er ihnen erzählt hat.

»Die Oryx-Antilope ist übrigens ein wahrer Überlebenskünstler«, erklärt er, »die auch in den Dünen des Sossusvlei zu finden ist und lange Zeit ohne Wasser auskommen kann.«

Am späten Nachmittag haben sie die Lodge erreicht. Sie liegt direkt am Fuße eines roten Gebirges.

»Das sind die versteinerten Dünen der Ur-Namib«, erläutert Bernd. »Sie sind etwa 18 Millionen Jahre alt. Im Vergleich dazu:

Das Alter der Sanddünen, die wir heute ausgiebig kennengelernt haben, schätzt man auf 2 bis 3 Millionen Jahre.«

»Dann sind die Sanddünen ja richtige Babies«, spöttelt Tim.

»Allerdings ziemlich große.«

Nachdem sie sich kurz auf ihren Zimmern erfrischt haben, machen sie mit einigen anderen Gästen der Lodge in zwei offenen Geländewagen eine Rundfahrt über das ausgedehnte Farmgelände. Dabei sehen sie eine Herde etwa rehgroßer Tiere unter einer Baumgruppe äsen. Sie haben ein weißes Gesicht, ein leierförmiges Gehörn und einen markanten dunklen Fellstreifen, der den weißen Bauch vom rotbraunen Deckenfell des Rückens trennt. Ein dunkler Streifen zieht sich außerdem von der Schnauze bis über die Augen.

»Das sind Springböcke«, bemerkt Bernd.

»Wenn die fliehen, machen die ganz eigenartige Sprünge mit steif ausgestreckten Beinen und gebogenem Rücken«, erzählt Tim voller Stolz. »Das hab ich schon mal im Fernsehen gesehen.«

»Das muss ja ein drolliges Bild ergeben«, entgegnet Sven. »Schade, dass sie jetzt nicht ein bisschen vor uns flüchten. Die Sprünge würde ich gerne sehen.«

Da sich die Herde aber offenbar von den Autos nicht gestört fühlt und sie auch nichts Ungewöhnliches zu wittern scheint, grast sie in Seelenruhe weiter, ohne der Gruppe eine Kostprobe ihrer ausgefeilten Sprungtechnik zu bieten.

Sven hat im Gras einige kreisrunde, vegetationslose rote Sandflecken von einigen Metern Durchmesser entdeckt, auf die er Tim und Bernd aufmerksam macht:

»Das sieht ja komisch aus. Weißt du, Bernd, was das ist?«

Bernd antwortet: »Man nennt diese Stellen Hexenringe oder Feenkreise.«

»Da versammeln sich also die Hexen in der Walpurgisnacht, bevor sie zum Blocksberg reiten«, lässt Tim seiner Fantasie freien Lauf.

»Vielleicht«, schmunzelt Bernd. »In der Tat gab es bislang allerlei wilde Spekulationen über die Entstehung dieser Hexenringe, die von Meteoriten-Schauern, die niedergegangen sein sollen, über Ufolandungen bis hin zu der Theorie, Zebras hätten sich dort gewälzt, reichen. Ganz genau weiß man es noch immer nicht, aber die wahrscheinlichste wissenschaftliche Erklärung lautet, dass Termiten diese Kreise schaffen, indem sie um ihre Futterlöcher herum systematisch das Gras ernten. Ein anderer Erklärungsansatz besagt, dass Euphorbien oder sonstige Pflanzen den Boden vergiftet haben. – Handfeste Beweise gibt es indes für keine dieser Theorien.«

»Wenn das so ist«, wirft Sven ein, »plädiere ich für sich im Reigen drehende Elfen oder Feen.«

»Mir gefällt am besten die Vorstellung von Hexen, die hier zu mitternächtlicher Stunde tanzen – zumindest ist das schön gruselig«, beharrt Tim auf seiner Deutung der Bezeichnung Hexenringe.

Abschluss und Höhepunkt der Farmrundfahrt ist der Sundowner: Während die Gäste den atemberaubenden Sonnenuntergang genießen und beobachten, wie sich der Himmel von gelben und zart orangenen Farbtönen in ein kräftiges Rot verwandelt, breiten die beiden schwarzen Fahrer auf einem Klapptisch Getränke und Speisen in Form von getrocknetem Fleisch, *biltong*, Käsehäppchen und Salzgebäck aus. Sven und Tim trinken Cola und Limonade. Bernd und die meisten anderen Erwachsenen lassen sich eisgekühlten Gin Tonic schmecken.

»Malaria-Prophylaxe«, lacht Petrus, einer der beiden Fahrer, und gießt Bernd bereitwillig schon das dritte Glas ein.

Die Stimmung bei den Erwachsenen wird immer ausgelassener. Plötzlich quietscht eine Frau laut auf:

»Huch, eine Maus!«

Tatsächlich bahnt sich eine Wüstenspringmaus reichlich irritiert ihren Weg durch das Gewirr menschlicher Füße, hält eine Weile inne, als wolle sie sich orientieren, läuft weiter durch die Menschenansammlung, verharrt erneut. Ein Mann fotografiert sie in Nahaufnahme. Auf dem Display der Digitalkamera hat die Maus wegen des Blitzlichtes rote Augen – das verleiht ihr etwas Unheimliches.

Sven und Tim entfernen sich ein paar Meter und sehen im Sand große Insekten mit herzförmigen Köpfen und einem weißen Hinterleib mit schwarzen Streifen, die emsig hin und herlaufen.

»Dünenameisen«, sagt Bernd, als ihn die Jungen herbeigeholt haben.

Er hat schon wieder ein volles Glas Gin Tonic in der Hand.

»Heute muss ich ja nicht mehr fahren«, fügt er schmunzelnd hinzu. »Ich hoffe, ihr habt nichts dagegen?«

Ohne eine Antwort abzuwarten, stapft er zu den anderen.

Die Rückfahrt durch die mittlerweile hereingebrochene Dunkelheit ist auf den offenen Fahrzeugen recht kalt, aber auch sehr lustig. Den Erwachsenen hat der Sundowner ganz offensichtlich äußerst gutgetan; jedenfalls lachen sie viel, einige sprechen mit etwas schwerer Zunge und einige singen. Nur die Frau, die die Wüstenspringmaus als erste gesehen hat, hat sich noch immer nicht von ihrem Schreck erholt, wie sie ihrer Nachbarin gestikulierend und in einer Lautstärke, als benutze sie ein Megaphon, nachdrücklich versichert.

Mit dem Abendessen im Restaurant der Lodge geht für die Jungen ein langer, ereignisreicher Tag zu Ende.

Tim klettert eine große Sanddüne hinauf. Als er, oben angelangt, an ihrer weichen Flanke hinunterrutschen will, stürzt er ins Leere, weil sich die Sanddüne in den steilen Berggipfel einer versteinerten Düne verwandelt hat. Schweißgebadet wacht er auf. Er liegt zu

Hause in seinem Bett. Es ist mitten in der Nacht. Er dreht sich auf die andere Seite und ist kurze Zeit später wieder eingeschlafen. Am anderen Morgen erzählt er Sven in der Schule von seinem afrikanischen Traum.

Durch die Wüste

Die Wüste lebt

Als Sven und Tim am anderen Morgen zum Frühstück erscheinen, fällt Bernd auf, dass ihr Gang nicht so locker ist wie sonst.

»Muskelkater?«, fragt er schmunzelnd.

Die Jungen nicken nur.

»Du nicht?«, will Sven wissen.

»Wenn ich ehrlich sein soll – nein«, antwortet Bernd.

Das gibt den beiden einen kleinen Stich. Sie lassen es sich aber im Beisein von Bernd nicht anmerken. Als sie am Büffet stehen, sagt Tim zu Sven:

»Dass Bernd keinen Muskelkater hat, liegt wahrscheinlich daran, dass er gestern Abend so viel Gin Tonic gesoffen hat. Der beugt anscheinend nicht nur Malaria vor, sondern auch Muskelkater.«

»Gut möglich«, erwidert Sven, während er sich ein Spiegelei braten lässt, »vielleicht ist Bernd aber auch einfach besser durch-trainiert als wir – zumindest was das Klettern auf Dünen betrifft.«

Durch den Namib-Naukluft Park fahren sie nun Richtung Norden. Auf der linken Seite sind noch für einige Zeit die Ausläufer des roten Dünenmeeres zu sehen, auf der rechten Seite rückt das Fels-massiv der Naukluft-Berge, die zur Großen Randstufe gehören, heran.

In einem kleinen Ort namens Solitaire, der im Wesentlichen aus einer Tankstelle mit einem Laden zu bestehen scheint, halten sie an.

»Das Auto braucht etwas flüssige Nahrung«, sagt Bernd.

»Wohl eher was zu trinken, hoffentlich nicht Gin Tonic«, wirft Tim keck ein.

Während Bernd tankt, suchen die Jungen die Toilette auf, schlendern durch die Außenanlagen mit den großen Vogelvolieren und stöbern etwas in dem Shop. In einem Nebenraum stehen viele alte Sachen wie in einem Museum, unter anderem eine Singer-Nähmaschine und eine Telefonvermittlungsanlage. Schließlich kaufen sie sich jeder ein Stück Kuchen und eine Flasche Cola – dann geht es weiter auf der Schotterpiste durch die unendlichen Weiten der Namib. Die sich scheinbar im Nirgendwo verlierende Straße, die menschenleere Landschaft aus Steinen, Sand, gelbem Gras und flirrendem Licht, nehmen die Jungen kaum noch wahr. In immer kürzer werdenden Abständen fallen ihnen die Augen zu.

»Bitte aussteigen, ihr müden Krieger«, ertönt gut gelaunt Bernds Stimme und schreckt die Jungen aus ihrem leichten Schlummer. Sie erblicken auf der Sandfläche links neben der Piste eine mehr als mannshohe Pflanze, die einer Kaktee ähnelt und ihre dicken, mit kräftigen Dornen versehenen Arme der Sonne entgegenstreckt.

»Schaut euch die einmal aus der Nähe an«, ermuntert Bernd, setzt aber warnend hinzu: »Vorsicht, nicht berühren! Das ist kein Kaktus, sondern eine zu den Wolfsmilchgewächsen zählende euphorbia virosa, eine Wüsteneuphorbie. Ihr milchiger Saft ist hochgiftig. Deshalb heißt sie auf Afrikaans auch gifboom, also Giftbaum. Ihre Milch wurde als Pfeilgift benutzt. – Von Nashörnern wird sie aber trotzdem gefressen.«

Aufmerksam betrachten die Jungen die Pflanze, halten aber respektvollen Abstand. Plötzlich entdeckt Tim an einem der Arme zwischen den spitzen Dornen ein großes Insekt. Er zeigt mit der rechten Hand auf das Tier und wäre beinah an eine der Dornen gekommen. Bernd zieht rasch Tims Hand zurück.

»Wie ich gesagt habe – nur für Nashörner ungefährlich«, grinst er und fügt hinzu: »Dieses Tier ist eine Panzerheuschrecke, auch dik pans, also Dickbauch, genannt.«

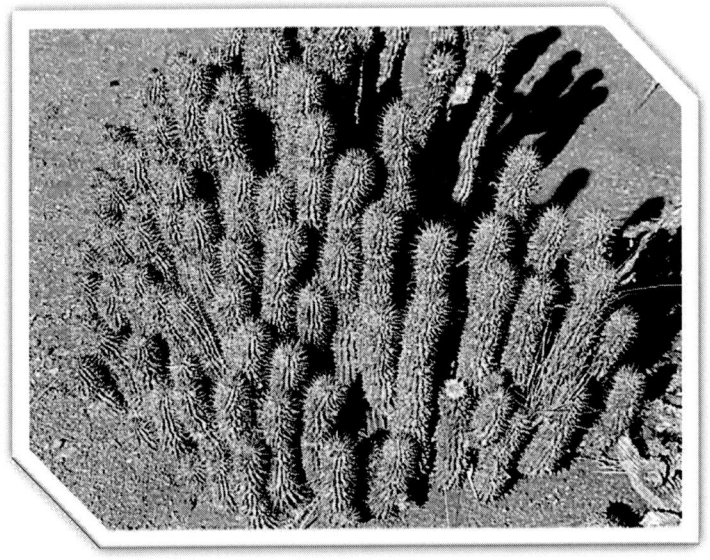

Bernd macht die Jungen auf eine Pflanze aufmerksam, die an eine kleine Euphorbie erinnert:

»Dies ist eine zu den Sukkulenten gehörende Hoodia«, erklärt er. »Sie steht in Namibia unter Naturschutz und enthält ein Molekül, das ein Sättigungsgefühl hervorruft. Diese Tatsache war den Buschleuten, den San, schon lange bekannt und sie nutzten das auf ihren Jagdzügen aus, um Hunger und Durst zu unterdrücken.«

Mehr noch als die appetitzügelnde Wirkung der Hoodia interessiert die Jungen, Näheres über die San zu erfahren. Doch Bernd meint nur, dass dazu noch ausreichend Gelegenheit sei.

Wenig später überquert die Straße das sandige, mit Bäumen bestandene Bett eines Trockenflusses. Bernd deutet auf das vor der Brücke befindliche Schwemmholz. Unter anderem liegt dort ein ganzer Baumstamm samt Wurzeln. Die Fahrbahn ist mit Schlamm bedeckt.

»Vor wenigen Wochen hat der Gaub noch Hochwasser geführt und die Straße überflutet, so dass sie unpassierbar war.«

»Und was macht man dann?«, fragt Sven.

»Dann ist guter Rat teuer«, entgegnet Bernd mit leichtem Spott. »Entweder warten, bis das Hochwasser zurückgegangen ist – das kann allerdings lange dauern und nützt nur dann, wenn die Fahrbahn nicht weggespült worden ist. Oder kehrtmachen und einen stundenlangen Umweg in Kauf nehmen. – Ihr seht, in Afrika setzt sich im Zweifel die Natur durch.«

Wie bereits auf der Fahrt nach Süden, passieren sie erneut den *Tropic of Capricorn*. Die Jungen registrieren dies jetzt nur noch am Rande.

Über einen Pass gelangen sie in eine Gegend, die geprägt ist von grauen Felsgraten, durchzogen von einem Netz schwarzer Schluchten.

»Der Kuiseb, der diese Landschaft geformt hat«, erzählt Bernd, »ist ebenfalls ein Rivier, also ein Trockenfluss, rund 500 km lang. Er entspringt in den Bergen des zentralen Hochlands und endet bei Walvis Bay am Atlantischen Ozean. Oberirdisch führt er selten Wasser, doch wird aus seinem Grundwasser der Wasserhaushalt von Walvis Bay und Swakopmund gespeist.«

Tim gibt sich keinerlei Mühe, ein herzhaftes Gähnen zu unterdrücken, und fragt etwas unwillig:

»Sehen wir auch noch richtige Flüsse – ich meine, welche mit Wasser drin?«

»Wie ich versucht habe euch zu erklären«, erwidert Bernd, »kann auch ein Trockenfluss in der Regenzeit, wenn er *abkommt*, wie man das hier nennt, jede Menge Wasser führen. Jetzt ist aber die Regenzeit vorbei. In Namibia gibt es lediglich vier Flüsse, die ganzjährig Wasser haben, nämlich den Oranje im Süden, wo er den Grenzverlauf zu Südafrika markiert, sowie den Kunene, Kavango und Sambesi im Norden, im Grenzbereich zu Angola und Sambia. – Aber bald werdet ihr jede Menge Wasser zu sehen bekommen, denn unser heutiges Tagesziel, Swakopmund, liegt direkt am Atlantik.«

»Mich stört es nicht, dass die meisten Flüsse hier ohne Wasser sind«, beeilt sich Sven zu versichern, weil ihm Tims Verhalten ein wenig peinlich ist.

Bernd wendet sich noch einmal direkt an Tim:

»Eine Geschichte dürfte dich aber interessieren. In dieser Gegend, auf dem Grund des Kuiseb-Canyons, haben sich während des Zweiten Weltkriegs zweieinhalb Jahre lang, von 1940 bis 1942, zwei deutsche Geologen, Henno Martin und Hermann Korn, versteckt gehalten, um der drohenden Internierung durch die südafrikanischen Behörden zu entgehen.«

Sofort ist Tim ganz Feuer und Flamme:

»Zweieinhalb Jahre lang haben die ganz allein hier in der Wüste gelebt? – Das ist echt krass.«

»Beschrieben hat Henno Martin die abenteuerlichen Erlebnisse während des Aufenthaltes in der Abgeschiedenheit der Namib in dem Buch ›Wenn es Krieg gibt, gehen wir in die Wüste‹, das in Namibia sehr populär ist«, ergänzt Bernd.

Am Nachmittag steht noch eine weitere »kleine pflanzenkundliche Exkursion«, wie Bernd es nennt, auf dem Programm. Auf dem kargen Wüstenboden wachsen niedrige Pflanzen. Sie scheinen aus einem Gewirr ineinandergeknäulter dunkelgrüner, streifenförmiger Blätter zu bestehen, die an den Enden vertrocknet sind.

»Die sehen aus wie ein Komposthaufen mit lauter Grünabfällen«, stellt Tim respektlos, aber durchaus zutreffend, fest. »Ist das etwas Besonderes?«

»Davon war jedenfalls der österreichische Botaniker Friedrich Welwitsch, als er diese Pflanze 1860 entdeckt hat, überzeugt«, entgegnet Bernd, während sie auf eine der Pflanzen zugehen. »Er soll sogar vor dieser *anbetungswürdigen* Pflanze auf die Knie gesunken sein.«

»Halte ich für leicht übertrieben«, urteilt Tim nüchtern.

»Halt, stopp, nicht näher herantreten!«, ruft Bernd.

Die Jungen bleiben stehen. Sie vermuten, dass dieses merkwürdige Gebilde entweder giftig ist oder vielleicht Schlangen als Versteck dient und deshalb ein gewisser Sicherheitsabstand ratsam ist. Aus der Nähe erkennen sie, dass die Pflanze neben den gestrüpppartigen Blättern in der Mitte einen kurzen, oben schalenförmig abgeflachten Stamm hat.

»Sieht schon irre aus, das Ding«, sagt Sven.

Die Jungen blicken erwartungsvoll zu Bernd. Dieser erläutert bereitwillig: »Der Name dieser bizarren Pflanze ist Welwitschia mirabilis, benannt nach ihrem Entdecker Welwitsch. Sie ist eine endemische Pflanzenart der Namib, die ausschließlich in einem Streifen vom Kuiseb-Fluss bis nach Südangola vorkommt. Sie gehört zu den ältesten Pflanzengattungen der Erde und steht in Namibia unter Schutz. Sie ist übrigens auch auf dem namibischen Staatswappen zu sehen. Einige Exemplare werden auf 2000 Jahre geschätzt.«

Sven pfeift anerkennend durch die Zähne.

»Der Blätterwirrwarr rings um die Pflanze«, fährt Bernd fort, »täuscht darüber hinweg, dass sie nur zwei breite Blätter besitzt, die der Wüstenwind im Laufe der Zeit aufgespalten hat.«

Sven schaut ungläubig drein, während Tim bemerkt:

»Gelungene optische Täuschung – nach nur zwei Blättern sieht dieses Chaos wirklich nicht aus.«

»Dieses Durcheinander der Blätter dient dem Zweck der Wassergewinnung«, erzählt Bernd. »Die Welwitschia lebt vom Küstennebel, den ihr ja auf dem Weg nach Lüderitz bereits erlebt habt. Die Nebelfeuchtigkeit setzt sich an den Blättern ab und tropft von dort auf den Boden. Auf diese Weise erhalten die nur wenige Zentimeter unter der Oberfläche um die Pflanze herum verlaufenden Wurzeln das wertvolle Nass. – Da das feine Wurzelwerk sehr empfindlich ist, soll man Abstand zu der Pflanze halten, um die Wurzeln nicht zu zerstören.«

Die Jungen sehen die Pflanze nun mit ganz anderen Augen an, fast mit einer Spur Hochachtung.

»Genau genommen handelt es sich übrigens bei der Welwitschia mirabilis um einen Zwergbaum«, sagt Bernd, »denn der Stamm wächst zwei bis drei Meter in den Boden, bevor eine kräftige, tief reichende Pfahlwurzel beginnt.«

Bernd geht mit den Jungen noch zu einigen weiteren Exemplaren dieser eigenartigen Pflanze, um ihnen den Unterschied zwischen den männlichen und weiblichen zu zeigen. Die Blüten der weiblichen Pflanzen ähneln in Form und Größe dem Zapfen einer Kiefer. Auf einigen krabbeln rote und braune wanzenartige Käfer herum. Die männlichen Pflanzen weisen kleine, schmale, orangebraune Zapfen auf.

Bernd weist die beiden auf eine andere Pflanze hin, ein niedrig wachsendes Trockengewächs mit runden, fleischigen Blättern.

»Dieser Zwergbusch heißt Dollar- oder Talerbusch, manche nennen ihn auch Pfennigbaum, weil seine Blätter wie Geldstücke geformt sind. Die Blätter, in denen die Pflanze die Nachtfeuchtigkeit speichert, wenden ihre Schmalseite der Sonne zu, um der Verdunstung entgegenzuwirken.«

Zur letzten Station des *botanischen Rundgangs* nimmt Bernd eine Flasche Wasser mit. Unscheinbare gelblichbraune, büschelförmige Gebilde bedecken den Boden.

»Wisst ihr, was das ist?«, fragt Bernd die Jungen.

»Ich tippe auf Flechten«, antwortet Sven.

»Der Kandidat hat hundert Punkte«, bestätigt Bernd.

»Flechten sind eine Mischung aus Pilzen und Algen, die aufgrund ihrer Symbiose, also ihrer Lebensgemeinschaft, ihre Existenz sichern.«

»Und wie funktioniert das?«, möchte Tim wissen.

»Der Pilz zieht Feuchtigkeit aus der Luft und versorgt damit sich selbst und die Alge, die Alge wiederum verarbeitet Nährstoffe aus dem Boden und gibt davon auch dem Pilz etwas ab.«

»Also echte Arbeitsteilung«, stellt Tim fachmännisch fest.

»So ist es«, entgegnet Bernd. »In der Namib gibt es wegen der außergewöhnlichen klimatischen Gegebenheiten ausgedehntere Flechtenfelder als irgendwo sonst auf der Welt. Ihnen fällt die wichtige Aufgabe zu, den Boden zu halten und zu stabilisieren und ihn damit vor Erosion, also Abtragung, zu schützen.«

»Wozu hast du denn die Wasserflasche mitgenommen?«, fragt Sven, weil Bernd die Flasche noch immer in der Hand hält, ohne daraus getrunken zu haben.

»Ich möchte euch ein kleines Wunder zeigen«, erwidert Bernd und schüttet auf einen Stein, der kaum erkennbar von einer dunkelbraunen Flechte überzogen ist, einige Tropfen Wasser. Es dauert nicht lange, und das unscheinbare trockene Gespinst blüht förmlich auf, wächst und leuchtet schließlich in kräftiger grüner Farbe.

»Wahnsinn«, sagt Sven, hingerissen von diesem Schauspiel, »das ist ja fast wie die Verwandlung von Wasser in Wein …«

»… oder von einem Frosch in einen Prinzen«, beeilt sich Tim, sein Erstaunen ebenfalls in Worte zu fassen.

»Ihr seht, die Wüste steckt voller Geheimnisse – und voller Leben, auch wenn man das auf den ersten Blick nicht gleich wahrnimmt«, stellt Bernd fest und macht sich auf den Weg zum Auto.

»Nächster und gleichzeitig letzter Halt vor Swakopmund ist der Mond, genauer die Mondlandschaft. Da fahren wir jetzt hin – auch ohne Raumschiff.«

Auf dem Mond

Sie stehen am Rande der Mondlandschaft und blicken auf die von kleinen Tälern durchzogene zerklüftete Hügelwelt mit den Gesteinsformationen aus schwarzem, braunem und grauem Granit.

Tim sagt leichthin, nur auf Verdacht:

»Hat hier auch wieder ein Trockenfluss seine Hand im Spiel?«

Aber er ist nicht wirklich überrascht, als Bernd antwortet:

»Ganz genau, und zwar der Swakop. Sein Wasser und der Wind haben diese spektakulären Strukturen geschaffen.«

»Man kommt sich hier tatsächlich vor wie auf dem Mond«, sagt Sven, »zumindest wie ich mir das auf dem Mond so vorstelle.«

Bernd regt einen *Mondausflug* an, und so spazieren sie auf einem schmalen Pfad über einen Hügelkamm durch dieses wellige Auf und Ab, sehen auf der anderen Seite der Schlucht drei grotesk verzerrte schwarze Gestalten, ihre eigenen Schatten, und kommen sich tatsächlich wie auf einem anderen Planeten vor. Das Mondtal erscheint außerirdisch, unwirtlich und abweisend, zugleich aber auch von einer ungeheuren Faszination. Der Pfad weitet sich an seinem Ende zu einer kleinen Plattform. Von dort genießen sie noch einmal den Ausblick über diese wundersame, skurrile Felslandschaft. Dann mahnt Bernd die *Astronauten* zum Aufbruch.

Ankunft in Swakopmund

Als sie nach Swakopmund kommen, hält Bernd an einem Gebäude mit großen getönten Glasscheiben. Martin Luther Museum steht auf einem Schild. Hinter den Scheiben können sie ein schwarzlackiertes stählernes Ungetüm mit Schornstein ausmachen. Es sieht aus wie eine Mischung aus Dampflok, Traktor und Dampfwalze. Seine riesigen gusseisernen Hinterräder übertreffen den Durchmesser der Vorderräder mindestens um das Doppelte. Die Jungen drücken sich an den Scheiben die Nasen platt, um das Monstrum so genau wie möglich in Augenschein zu nehmen.

»Das ist sozusagen der namibische Martin Luther«, lacht Bernd. »Er wurde 1896 per Schiff von Deutschland nach Südwestafrika gebracht, um die Ochsenwagen als Transportmittel zu ersetzen.

Doch schnell stellte sich heraus, dass er dafür völlig ungeeignet war. Er verbrauchte nicht nur Unmengen an Süßwasser und Holz, sondern blieb auch aufgrund seines enormen Gewichts ständig im Sand stecken und musste jedes Mal unter größten Mühen freigeschaufelt werden. Irgendwann war man es leid und überließ den Koloss in der Wüste seinem Schicksal, so dass er dort allmählich vor sich hin rostete. Getreu dem Motto ›hier stehe ich, ich kann nicht anders‹ wurde er Martin Luther getauft. Nach neuerer Version leitet man den Namen auch von Martin Luther King ab – ›I had a dream‹. – Wie dem auch sei, ob deutscher Reformator oder amerikanischer Bürgerrechtler, unser Martin Luther ist auf jeden Fall eine echte Kuriosität. Hier steht er nun schön restauriert in seinem Museum und ist vor erneuter Verwitterung geschützt.«

In einer Unterrichtspause am nächsten Tag überreicht Sven seinem Freund Tim mit feierlichem Gesichtsausdruck ein Buch:

»Das hat mir mein Onkel Bernd mitgebracht. Wenn du möchtest, leihe ich es dir.«

Tim nimmt das Buch zur Hand und schaut auf den Titel: Wenn es Krieg gibt, gehen wir in die Wüste. Als Autor steht unten rechts Henno Martin.

»Oh, geil!«, ruft Tim begeistert aus und blättert sogleich interessiert in den rund 250 Seiten. So entdeckt er rasch, dass das Buch eine Reihe schwarz-weißer Fotografien enthält, die das Wüstenabenteuer der beiden Geologen veranschaulichen. Ein Foto zeigt Hermann Korn mit dem Hund Otto, ein anderes Henno Martin mit Otto in ihrer ›Wohnung im Affenloch‹. Auf beiden Fotos gucken bärtige Männer mit Brille und nacktem Oberkörper ernst in die Kamera. Das Foto im Affenloch dokumentiert darüber hinaus, dass zur ›Wohnungseinrichtung‹ ein improvisierter Tisch mit Tischdecke gehört, auf dem neben Schüsseln, Tellern und Dosen auch mehrere Pfeifen liegen. An der Wand hängt ein Zeb-

rafell und links im Hintergrund ist gar ein Radioapparat zu sehen.

»Schau mal«, sagt Tim, aber jetzt meint er kein Foto, sondern eine Passage des Textes, »hier beschreibt Henno Martin, wie er einen Waran jagt, der gerade in einer Felsspalte verschwinden will.«

Sven lächelt. Er hat den Eindruck, dass sein Freund bereits beim Durchblättern des Buches alle spannenden Stellen aufstöbern will.

»Ich kenne das Buch«, sagt er, »ich habe es bereits ganz gelesen. Du kannst es mit nach Hause nehmen.«

»Okay, danke«, antwortet Tim geistesabwesend.

»Sieh mal, hier schildert er den Kampf zweier Gemsbockbullen.«

Erst als der Schulgong das Pausenende ankündigt, klappt Tim das Buch zu und steckt es in seinen Rucksack.

Swakopmund

Jetty

Bernd lehnt lässig an der Brüstung der Landungsbrücke, die weit in den Atlantik hinausragt, und summt eine Melodie.

»Was ist das für ein Lied?«, fragt Sven.

Statt einer Antwort singt Bernd den Refrain:

»I`m just sitting on the dock of the bay
Watching the tide roll away
I`m just sitting on the dock of the bay
Wasting time.«

»Hättest du die Güte, uns den Titel des Songs zu verraten?«, interveniert nun auch Tim.

Bernd lächelt versonnen vor sich hin, als sei er in Erinnerungen versunken. Dann antwortet er, völlig unaufgeregt:

»Den Titel habe ich euch doch gerade vorgesungen. Er lautet ›Sitting on the dock of the bay.‹ Das Lied handelt von jemandem, der zweitausend Meilen von seiner Heimat in Georgia entfernt einsam am Hafenbecken von San Francisco rumhängt, die Zeit totschlägt und sehnsuchtsvoll die Gezeitenwechsel sowie die ein- und auslaufenden Schiffe beobachtet.«

»Klingt aber ziemlich melancholisch, die Geschichte«, sagt Sven. »Von wem ist denn der Song?«

»Der Song wurde geschrieben von Otis Redding, einem schwarzen amerikanischen Soul-Sänger«, antwortet Bernd. »Und der, wie du es genannt hast, melancholische Text spiegelt ein wenig die tragischen Begleitumstände des Liedes wider. Otis Redding hat den Titel 1967 aufgenommen, kurze Zeit später kam er zusammen mit sechs anderen Passagieren bei einem Flugzeugabsturz ums Leben. Erst nach seinem Tod ist der Song veröffentlicht worden. Er wurde die erste posthume Nummer 1 Single in den US-Charts.«

Sven und Tim fällt nichts Passendes ein, was sie hierauf erwidern könnten; deshalb schweigen sie und lauschen der Brandung des atlantischen Ozeans, die von Westen her in rauen Wellen an ihnen vorbei zur Küste rollt. Von ihrem Standort aus lässt sich erahnen, dass Swakopmund völlig von Wasser und Wüste umgeben ist, denn bereits jenseits der letzten Häuser zu ihrer Rechten beginnt übergangslos die sandige Wüstenlandschaft der Namib.

»Ja, ja, die gute alte Jetty«, bricht Bernd das etwas beklommene Schweigen.

Die Jungen gehen in unterschiedlicher Weise davon aus, Jetty habe irgendetwas mit dem Lied zu tun. Während Sven sie für die Freundin des Typen hält, der da am Hafen rumhängt, mutmaßt Tim, es sei der Name einer Frau, an die Bernd bei dem Lied denken müsse. Er hat schon eine spitze Bemerkung auf der Zunge liegen, schluckt sie aber rasch hinunter, denn Bernd tätschelt demonstrativ das Brückengeländer und sagt:

»Mit dem Bau der Jetty wurde 1912 begonnen. Von den ursprünglich geplanten 640 Metern wurden nur 262 Meter fertig gestellt. Mehrfach musste sie wegen Baufälligkeit geschlossen und restauriert werden. Zuletzt hat man sich aus Kostengründen dazu entschlossen, nur den ersten Teil der Jetty bis zum 17. Brückenpfeiler zu restaurieren und den zweiten Teil abgetrennt seinem Schicksal zu überlassen. – Die Einwohner von Swakopmund freuen sich jedenfalls, dass wenigstens ein Teil der Jetty, die für viele ein Wahrzeichen der Stadt darstellt, erhalten bleibt. Und auch der hintere, nicht mehr begehbare Teil hat ja durchaus noch seinen Reiz und seine Besucher, nämlich die gefiederten Zaungäste dort drüben.«

Bernd zeigt auf eine stattliche Anzahl an Möwen und Kormoranen, die auf dem alten Brückengeländer der Jetty sitzen.

»Ich genieße es jedes Mal«, fährt er fort, »wenn ich hier draußen auf dem Atlantik stehen kann.«

Und er singt noch einmal den Refrain von ›Sitting on the dock of the bay‹ und hat dabei wieder diesen verträumten Gesichtsausdruck. Tim ist sich sicher, dass da bestimmt eine Frauengeschichte hintersteckt, aber er traut sich nicht, das in Bernds Beisein laut zu äußern.

»Stellt euch einmal vor«, beginnt Bernd zu erzählen, »ihr seid auf einem Schiff drei Wochen unterwegs gewesen, sagen wir, von Bremerhaven oder Hamburg aus, kommt endlich in Swakopmund an und habt nur den einen Wunsch, endlich runter von dem Schiff und wieder festen Boden unter die Füße kriegen, und dann dauert es noch anderthalb Tage, bis ihr von Bord kommt.«

Die Jungen sehen Bernd verständnislos an; sie wissen nicht, worauf er hinaus will.

»Du sprichst in Rätseln«, sagt Sven.

»So konnte es in den Anfangsjahren der Stadt, das heißt ab 1893, als Swakopmund lediglich aus einigen Baracken und Lagerhäusern bestand, den Soldaten der Schutztruppe und den ersten Siedlern ergehen«, fährt Bernd fort. »Die deutsche Kolonialregierung war auf Swakopmund als Hafen angewiesen, weil Lüderitz zu weit im Süden lag und der nahe, nur 35 km entfernte Naturhafen Walvis Bay im Besitz der Briten war. Deshalb wurde fast alles, was die Kolonie Deutsch-Südwest benötigte, über Swakopmund eingeführt, nämlich Pferde, Maultiere, Hausrat und Maschinen bis hin zu Eisenbahnen – nicht zu vergessen die Passagiere. Da der Strand aber sehr flach und die Brandung äußerst stark war, wovon ihr euch ja nun selbst ein Bild machen könnt, mussten die Schiffe weit vor der Küste ankern. Die Passagiere wurden samt Hab und Gut von sogenannten Kruboys, Männern des Kru-Stammes aus Liberia, in kleinen Brandungsbooten an Land gebracht. Eine der Passagiere war eine Frau namens Margarethe von Eckenbrecher, die ihre Erlebnisse in Südwestafrika von 1902 bis 1936 in einem Buch aufgeschrieben hat. Als ihr Schiff zu Beginn des Jahres 1903 die Küste vor Swakopmund erreicht hatte, war die Brandung so stark, dass die Passagiere nicht von Bord konnten. Außerdem kam auch noch dichter Nebel auf.«

Tim zieht die Stirn in Falten. Sein Gesicht ist ein einziges Fragezeichen.

»Wie genau hat man sich das mit den Brandungsbooten denn vorzustellen?«, möchte er wissen.

Bernd fährt fort: »Die Passagiere des Schiffes wurden in einen Korbstuhl gesetzt, der an einer Kette hing und mit einem Kran in das Boot hinabgelassen wurde. Dort wurden die Passagiere aus dem Korb gehoben. War ein Brandungsboot mit Passagieren und deren Gepäck voll beladen, ruderten es die Kruboys Richtung Küste. Gefährlich wurde es im Bereich der großen Brecher. Hier waren Geschicklichkeit und Kaltblütigkeit der Kruboys, die die Brandung von ihrer eigenen Küste kannten und mit den Wellen vertraut waren, gefragt. Dennoch kam es immer wieder vor, dass Boote kenterten und neben Gepäckstücken und anderer Fracht auch Menschenleben zu beklagen waren. – Die 1903 fertig gestellte Mole hatte den Nachteil, immer wieder zu versanden, und wurde durch einen Landungssteg aus Holz ersetzt. Der sollte dann seinerseits durch ein Eisenpier, nämlich die Jetty, ersetzt werden. Infolge des Ausbruchs des Ersten Weltkrieges und der späteren Verlegung des Hafens nach Walvis Bay ist die Jetty nie vollendet und auch nie als Landungsbrücke genutzt worden. – Schauen wir uns noch ein wenig gemeinsam um oder wollt ihr lieber alleine durch die Stadt stromern?«

Stadtrundgang

Die Jungen möchten gerne auf eigene Faust losziehen, da sie heute Morgen bereits mit Bernd einen ausgiebigen Stadtrundgang gemacht haben.

So hat Bernd ihnen den Fachwerkbau des Woermann-Hauses mit dem 25 Meter hohen Damara-Turm gezeigt. Außerdem das auffällige Hohenzollernhaus mit seiner weißen Fassade, dem hellroten Dach, dem reichhaltigen Stuckdekor sowie dem nackten Atlas, der die Weltkugel auf dem Rücken trägt. »Eines der wohl imposantesten Bauten aus der deutschen Kolonialvergangenheit«, wie Bernd feststellte. »Mit einer im Übrigen sehr wechselvollen Geschichte, vom ersten Hotel am Platz bis hin zum Bordell.«

Zu einem schönen, lang gestreckten Bau merkte Bernd an: »Das Prinzessin-Rupprecht-Heim war früher deutsches Lazarett und ist nunmehr eine Pension und ein Altersheim.«

Über ein direkt gegenüber liegendes festungsartiges Gebäude mit Ecktürmen und Zinnen wusste Bernd zu berichten: »Das ist die alte Kaserne. Sie bietet heutzutage jungen Gästen aus aller Welt als Jugendherberge Unterkunft.«

Auf einem Bauzaun, der die Blicke der Jungen auf sich gezogen hatte, prangten zwei gemalte Geparden und ein Nashorn sowie die Worte CHEETAH AND RHINO CAMPAIGN, Geparden und Nashorn Kampagne. Während Tim die bunten Tierzeichnungen bestaunte, wollte Sven wissen, was es mit dieser Kampagne auf sich hat.

»Ich schätze, dass auf die Schutzbedürftigkeit dieser Tierarten aufmerksam gemacht werden soll«, antwortete Bernd.

»Außerhalb von Naturschutzgebieten gibt es das schwarze Nashorn, auch Spitzmaulnashorn genannt, ausschließlich im Nordwesten Namibias. Als Anfang der 1980er Jahre diese wild lebenden Tiere infolge zunehmender Wilderei vom Aussterben bedroht waren, wurde eine private gemeinnützige Organisation *Save The Rhino Trust* zur Rettung der Nashörner gegründet. In enger Zusammenarbeit mit der Regierung und unter Einbeziehung der lokalen Bevölkerung ist es gelungen, die Population der schwarzen Nashörner wieder zu vergrößern.«

»Warum wurden denn so viele Nashörner von Wilderern getötet?«, hakte Sven nach.

»Wegen des Horns«, erwiderte Bernd. »Ihm wird von vielen Menschen sowohl Heilkraft als auch Potenz steigernde Wirkung nachgesagt. Deshalb lässt sich leider mit dem Horn des Nashorns viel Geld verdienen.«

»Und was ist mit den Geparden?«, fragte Tim.

»Die Geparden sind in ihrem Bestand stark bedroht«, antwortete Bernd. »In Namibia ist die weltweit größte Gepardenpopulation beheimatet. Der überwiegende Teil lebt auf privatem Farmland. Dort werden die Tiere noch vielfach gejagt, weil es natürlich zu Konflikten mit den Vieh züchtenden Farmern kommt. Deshalb wurde 1990 der *Cheetah Conservation Fund* gegründet. Er ist heutzutage eine international anerkannte Institution, deren vorrangiges Ziel es ist, durch Forschung und konkrete Naturschutz- und Bildungsprogramme den Lebensraum und somit das Überleben der Geparden zu sichern.«

»Aus welchem Grund leben denn die meisten Geparden auf privatem Farmland?«, fragte Sven.

»Weil die Überlebenschancen in den Naturschutzgebieten nicht sehr gut sind«, erläuterte Bernd. »Dort stehen die Geparden nämlich in Konkurrenz zu den großen Raubtieren wie Löwen und Hyänen, gegen die sie den Kürzeren ziehen.«

»Dann haben diese schönen bunten Tierzeichnungen also einen ziemlich ernsten Hintergrund«, bemerkte Tim abschließend.

Statt weiter zum nahen Strand war Bernd mit den Jungen anschließend quer durch das Stadtzentrum gegangen, dann vorbei an der Villa Wilde mit ihrem markanten, verzierten Turm, der in neobarockem Stil erbauten evangelisch-lutherischen Kirche und der katholischen Kirche. Den beiden Freunden waren die überbreiten Straßen ins Auge gesprungen. Auf ihre Frage antwortete Bernd:

»Ihr müsst bedenken, dass diese Straßen nicht für Kraftfahrzeuge, sondern für Ochsengespanne berechnet worden sind. Und die brauchten einen großen Wendekreis.«

Sie gelangten zum ehemaligen Bahnhof der Kaiserlichen Eisenbahnverwaltung. Hierbei handelte es sich um ein prachtvolles Gebäude mit heller Fassade, Rundbögen sowie einem einstöckigen Mittelteil; flankiert von zweistöckigen Eckbauten und gekrönt von einem spitzen Pyramidenturm. Bernd erklärte: »Er gilt vielen als einer der schönsten Bahnhöfe der Welt, ist mittlerweile aber ein Luxushotel mit Pool und Casino.«

Tim wies auf ein flaches, unscheinbares Gebäude. *Kindergarten* stand dort in blauer Farbe zu lesen. Vor gelbem Hintergrund waren weiße, schwarze und farbige Kinder gemalt, die sich an den Händen hielten und so eine bunte, friedliche und fröhliche Menschenkette bildeten.

Wenig später machte Bernd die Jungen auf ein altes Schild aufmerksam, das etwas versteckt in einem Vorgarten angebracht war. Es zeigte einen reliefartigen Reichsadler sowie die Unterschrift *Deutsches Schutzgebiet.*

»An der Kolonialgeschichte kommt man hier nicht vorbei. Davon zeugt ja auch deutlich der wilhelminisch geprägte Baustil, der das Stadtbild bestimmt. Vielfach wird Swakopmund deshalb als ein Stückchen Deutschland am Rande der Wüste beschrieben. Auf jeden Fall hat sich die Stadt zum beliebtesten Ferienort Namibias gemausert; insbesondere für die weißen Namibier ist es die Sommerfrische schlechthin und in den Ferien zu Weihnachten völlig ausgebucht.«

Sie passierten das Alte Amtsgericht mit geschweiftem Doppelgiebel und Glockendach über dem Erkervorbau und der Jahreszahl 1906, das futuristisch anmutende Gebäude der Kristallgalerie und das Marinedenkmal; es zeigte einen toten Soldaten auf der linken Seite des Felssockels liegend und einen oben auf dem Felsen stehenden Marinesoldaten, der das Gewehr schussbereit im Anschlag hält.

»Das Denkmal soll an die deutschen Marinetruppen erinnern, die 1904 gegen die Herero eingesetzt wurden«, erläuterte Bernd und fügte die rhetorische Frage hinzu: »Und wer erinnert an die Herero, die im Kampf gegen die Kolonialmacht ihr Leben lassen mussten?«

»Dasselbe Lied wie beim Reiterdenkmal in Windhoek«, ergänzte Tim.

»Ganz genau«, erwiderte Bernd und war einmal mehr erstaunt darüber, wie tief sich die bisherigen Eindrücke und Informationen in das Gedächtnis der Jungen eingegraben hatten.

Dann ging es weiter, vorbei am ehemaligen Kaiserlichen Bezirksgericht.

»Es ist heutzutage das State House und dient als Residenz für den Präsidenten und seine Gäste«, wusste Bernd zu berichten.

Auf dem Holzschnitzermarkt zur Linken waren die Händler eben im Begriff, ihre Waren auszupacken.

Schließlich waren sie am rot-weißen, 21 Meter in den strahlendblauen Himmel ragenden Leuchtturm und dem Museum vorbei zur Mole und über die Promenade zur Jetty gelangt.

»Gut, dann machen wir es so«, sagt Bernd. »In zwei Stunden treffen wir uns am Leuchtturm. Tut mir aber den Gefallen und bleibt zusammen. Zwei gehen nicht so leicht verloren wie einer allein.«

Er drückt Sven einen Stadtplan in die Hand: »Für alle Fälle«, dabei kneift er ein Auge zu. »Und seid pünktlich, damit wir rechtzeitig nach Walvis Bay kommen.«

Sie setzen sich in Bewegung und gehen über die Jetty an Land. Tim, der einige Schritte vor den anderen herläuft, hört plötzlich die Melodie von *Sitting on the dock of the bay*. Er dreht sich um – aber dieses Mal ist es nicht Bernd, der das Lied pfeift, sondern Sven. Als Bernd außer Hörweite ist, platzt Tim sofort mit dem heraus, was ihn schon die ganze Zeit über bewegt:

»Ist dir auch aufgefallen, dass Bernd so seltsam dreingeschaut hat, als er das Lied gesummt hat? Ich wette, dass er dabei an eine Frau gedacht hat. Bestimmt eine frühere Flamme, mit der er sich öfter auf der Jetty getroffen hat. Vielleicht hieß die ja auch Margarete, weil er plötzlich von dieser Margarete von Erkenbrecher …«

»Eckenbrecher«, verbessert Sven.

»Auch egal, dann eben Eckenbrecher«, lässt Tim sich nicht aus dem Konzept bringen. »Auf jeden Fall hat er von dieser Frau erzählt. Wieso sollte die ihm gerade eingefallen sein?«

Sven ist echt verblüfft. Er wusste schon immer, dass sein Freund eine blühende Fantasie besitzt, aber diese Erklärungen findet er doch erstaunlich.

»Aha, Sigmund Freud lässt grüßen«, antwortet er süffisant. »Ganz im Ernst«, fährt er fort, »vielleicht hat Bernd das Lied nur gesummt, weil es ihm gefällt oder es ihm gerade in den Sinn kam. Irgendwie passt es ja, wenn man auf der Jetty steht. Und im Übrigen – ich finde es nicht so furchtbar spannend, warum Bernd dieses Lied gesummt hat, dass ich mir darüber den Kopf zerbrechen würde. Mir gefällt es auch, es ist ein richtiger Ohrwurm.

»Na gut, wie du meinst«, entgegnet Tim sichtlich gekränkt. Als sie dann durch die Straßen schlendern, bessert sich seine Laune sofort.

Sie genießen es, nach den endlos langen Autofahrten durch fast menschenleere Landschaften endlich wieder vielen Leuten zu begegnen. Die meisten sind von dunkler Hautfarbe, und fast alle haben ihre Jacken geschlossen. Eine junge Frau im langen pink-farbenen Kleid und einem hohen turbanähnlichen Hut aus dunkel- und hellblauem Stoff trägt ihr Kind in einer bunten Wolldecke auf dem Rücken. Von dem Kind ist nicht viel mehr zu sehen als eine dicke weiße Kapuze.

»Hier ist es eben Winter«, sagt Sven.

Sie haben sich treiben lassen, ohne ein bestimmtes Ziel anzu-steuern. Mit einem Mal befinden sie sich vor einem Laden, an dem in großer Schrift *Peter's Antiques* geschrieben steht. Schon ein erster Blick durch das Schaufenster hat die Jungen neugierig gemacht. Um hineinzugelangen, müssen sie allerdings an der Tür schellen, die daraufhin mit einem Summton geöffnet wird. Als sie sich in dem aus mehreren Räumen bestehenden Laden umschau-en, fühlen sie sich von der Vielzahl der hier befindlichen Ver-kaufsstücke geradezu erschlagen. Antiquitäten, alte und neue Bücher, Schnitzwerk, Militaria aus der Schutztruppenzeit, Bilder, Fotografien, Briefmarken, Kunsthandwerk. Daneben afrikanischer Schmuck, Masken, Musikinstrumente, Waffen wie Pfeil und Bo-gen der San sowie Gebrauchsgegenstände der verschiedenen na-mibischen Ethnien – eine schier unerschöpfliche Fundgrube, zum Stöbern wie geschaffen. Auf ihrer Entdeckungsreise entlang der Tische und Regale sind die beiden so in Anspruch genommen, dass sie darüber die Zeit vergessen. Als Sven auf die Uhr schaut, stellt er mit Schrecken fest, dass sie beinahe schon eine Stunde hier verbracht haben. Als sie den Laden verlassen wollen, fällt ihr Blick auf ein Buch in Gelb kartoniertem Einband.

»Hey!«, ruft Tim überrascht, »sieh mal an: Margarete von Eckenbrecher, Was Afrika mir gab und nahm. – Kommt dir der Name bekannt vor?«

Sie hasten weiter, weil die Zeit drängt.

Ein Laden, in dem es handgemachte Schuhe aus Robben- und Kuduleder gibt, erregt ihre Aufmerksamkeit. Auch elegante Schuhe aus Straußenleder sind im Angebot, des weiteren Gürtel aus Straußen-, Büffel-, Elefanten- und Krokodilleder; darüber hinaus Taschen und Geldbörsen.

Schließlich gehen sie noch in eine Buchhandlung, in der neben englischsprachigen Büchern auch solche in deutscher Sprache zu finden sind. Sven nimmt ein Buch mit dem Titel *Der weiße Buschmann Peter Stark* und dem Untertitel *Vom Wilderer zum Wildhüter* zur Hand. Das klingt aufregend. Es ist die Lebensgeschichte eines Mannes, der sich vom Wilddieb zum Naturschutzbeamten, sozusagen vom Saulus zum Paulus, wandelt. Als sich Sven suchend nach seinem Freund umschaut, blättert dieser interessiert in einem schmalen Büchlein, *Wildside III*. Es enthält Cartoons mit englischen Texten.

»Hier, sieh mal, das finde ich grandios«, sagt Tim und hält Sven eine Seite vor die Nase, auf der ein Polizist mitten in der Savanne einem Geparden, der bei seiner Jagd auf Antilopen die auf einem Verkehrsschild festgesetzte Höchstgeschwindigkeit von 40 km/h überschritten hat, ein Knöllchen ausstellt.

»Dazu muss man wissen«, doziert Tim mit professoralem Gehabe, »dass der Gepard das schnellste Landsäugetier der Erde ist und Spitzengeschwindigkeiten bis zu 110 Stundenkilometer erreicht. Allerdings«, fügt er mit wichtiger Miene hinzu, »nur für kurze Zeit.«

Er schlägt eine andere Seite auf: »Oder diese Zeichnung.«

Sie zeigt einen Rucksacktouristen, der eine in der Wildnis aufgestellte Tafel studiert, auf der ein Pfeil den Standort mit den Worten

»You are here« (Sie befinden sich hier), markiert. Hinter dem Touristen liegen zwei Löwen im Gras; der eine sagt zu dem anderen: »... and we are here!« (Wir sind hier!), während sie den Mann genau im Visier haben.

Als Tim eine weitere Seite aufblättern will, sagt Sven:
»Wir müssen los, damit wir pünktlich am Leuchtturm sind.«

Raschen Schrittes machen sie sich auf den Weg zum vereinbarten Treffpunkt. Bernd erwartet sie bereits.

Bootsfahrt

Sie sitzen auf den Seitenbänken des Außendecks. Im Hafenbecken von Walvis Bay schwimmen vier Pelikane. Sven und Tim sind erstaunt über die Größe dieser Vögel mit dem weißen Gefieder; vor allem über den rosafarbenen Schnabel und den mächtigen gelben Kehlsack, der mit dem Unterschnabel verbunden ist und beim Fischen als Kescher dient. Neben der Motorjacht treibt eine große rote Qualle im Wasser. Nachdem alle Passagiere ihre Plätze eingenommen haben, setzt sich der Katamaran langsam in Bewegung, gleitet aus dem Hafenbecken hinaus und nimmt auf dem offenen Meer Fahrt auf. Außer Bernd und den beiden Jungen sind noch etwa fünfzehn Erwachsene an Bord, offenbar eine Reisegruppe aus Deutschland. Der Skipper, ein junger Südafrikaner weißer Hautfarbe namens Paul, erläutert deshalb alles auf Deutsch.

Sven und Tim klettern ganz nach vorne und lassen die Beine vom Bug herabbaumeln.

»Haltet euch fest!«, ruft Bernd ihnen zu.

Im selben Augenblick heult der Motor laut auf und das Boot schießt mit hoher Geschwindigkeit durch das Wasser, taucht in die Wellentäler ein, hebt und senkt sich in heftigen Bewegungen. Krampfhaft klammern sich die Freunde an der Reling fest. Die Wellen klatschen kräftig an die Außenwände des Bootes, als seien sie wegen der ihnen zugefügten Störung in Aufruhr. Gischt und Wasser spritzen den beiden um die Ohren, und im Nu sind sie klatschnass. Als Paul die Maschine wieder etwas drosselt und das Boot mit mäßigem Tempo dahinfährt, ziehen es die Freunde vor, ihren Platz ganz vorn am Bug zu räumen und sich wieder auf die Seitenbänke zu setzen. Tim ist ein wenig blass um die Nasenspitze.

»Hui«, sagt Sven zu Bernd, »dieses plötzliche Beschleunigen hatte es in sich.«

Bernd nickt.

»Als Galionsfigur zu dienen ist nicht jedermanns Sache«, frotzelt er.

An dem breiten Grinsen von Paul kann er ablesen, dass der es seinen beiden jüngsten Fahrgästen einmal richtig zeigen wollte.

»Damit Sie sich stärken können«, sagt Paul und stellt Tabletts mit kleinen Häppchen in die Mitte. Dazu gibt es Austern, deren Schalen Paul mit einem Messer öffnet. Außerdem serviert er Champagner, aber er hat auch alkoholfreie Getränke zu bieten.

Sven und Tim schauen erst einmal den Erwachsenen ab, wie die Austern zu essen sind, dann nehmen sie auch jeder eine Muschelschale, streuen Salz und Pfeffer über den glibberigen Inhalt und träufeln etwas Zitronensaft dazu. Todesmutig schlürfen sie das Ganze.

»Schmeckt irgendwie nach Ozean«, sagt Tim schließlich und verzieht das Gesicht zu einer komischen Grimasse. »Jetzt habe ich auf einen Schlag zwei Austern gegessen, nämlich meine erste und gleichzeitig meine letzte«, ergänzt er.

Auch Sven findet den Geschmack dieser sogenannten Delikatesse nicht gerade überwältigend. »Eigentlich schmecken die nach nichts«, sagt er.

Dennoch probiert er noch zwei weitere Austern, ehe er sich den anderen Snacks zuwendet.

Die Erwachsenen schlürfen unterdessen eine Auster nach der anderen, als sei es das Größte überhaupt. Zudem sprechen sie eifrig dem Champagner zu.

»Erwachsene scheinen immer das am liebsten zu essen und zu trinken, was am scheußlichsten schmeckt«, flüstert Tim seinem Freund ins Ohr. Der kann das nur bestätigen.

Wie die beiden Freunde nach den Erfahrungen beim Sundowner erwartet haben, steigt die Stimmung der Erwachsenen mit jedem Glas Sekt spürbar. Doch Sven und Tim haben anderes zu tun, als sich mit kindischen Erwachsenen zu beschäftigen. Sie starren angestrengt über den Ozean, denn Paul hat angekündigt, dass es Delfine zu sehen gäbe. Und tatsächlich – plötzlich tauchen in einiger Entfernung seitlich vom Boot dunkle Schatten auf, schwimmen neben dem Boot her, springen aus dem Wasser, tauchen ab; ihre Rückenflosse schneidet durch das Wasser wie ein Messer durch weiche Butter. Sodann springen sie wieder in elegantem Satz durch die Luft.

Die beiden Freunde beobachten die Meeressäuger gebannt.

Auch die Erwachsenen sind aufmerksam geworden. Mit gezückten Kameras stehen sie an der Reling, bereit, das ultimative Foto zu schießen.

»Wie die alle mit ihren Kameras dastehen«, raunt Tim Sven zu, »als ob es nur darauf ankommt, alles im Bild festzuhalten. Können die es denn nicht einfach nur beobachten und genießen? «

Ein Paar steht direkt neben ihnen. Der Mann schaut mit stoischer Miene über die Wasseroberfläche.

»Der erinnert mich an einen Piratenkapitän«, raunt Tim Sven zu.

Die Frau fuchtelt währenddessen mit ihrer roten Digitalkamera in der Luft herum, um einen Delfin im Sprung zu erwischen. Aber genauso häufig, wie die Jungen in unregelmäßigen Abständen eines der Tiere aus dem Wasser springen sehen, hören sie die Frau enttäuscht sagen: »Oh, Mist, so schnell kann man gar nicht reagieren. – Wenn man wenigstens im Voraus wüsste, an welcher Stelle sie aus dem Wasser springen.«

»Wenn das Wörtchen wenn nicht wär`«, grinst Sven seinen Freund an.

Ein paar Mal betätigt die Frau den Auslöser. Danach sieht sie jedes Mal sofort auf das Display, um resignierend ihre Bildausbeute zu kommentieren: »Keine Chance.« Oder: »Man sieht ja nur Wasser.« Oder, mit ein wenig Stolz in der Stimme: »Schau mal, Schatz, immerhin die Rückenflosse.«

Sven und Tim finden sie ziemlich nervig.

»Ich wünschte, sie hätte einen Knopf zum Abschalten«, sagt Sven leise zu Tim.

»Ich sehe es als autogenes Training, da muss man sich auch ganz auf sich selbst konzentrieren«, erwidert Tim.

Mit einem Mal stößt die Frau einen spitzen Schrei aus: »Schatz!«

Im selben Moment vernehmen die Freunde ein leises Klatschen und sehen die rote Digitalkamera auf den Wellen schaukeln,

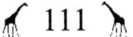

während sie rasch davontreibt.

»Oh, mein Gott! Schatz!«, ruft die Frau voller Verzweiflung. »Meine Kamera!«

Sie scheint den Tränen nahe. Doch ihr Schatz schaut weiter mit stoischem Gesichtsausdruck über den Atlantik und sagt, ohne seinen Kopf zu wenden: »Sei froh, dass du nicht ins Wasser gefallen bist, sondern nur deine Kamera.«

Diese Worte scheinen die Frau kaum zu trösten, denn sie ruft wehklagend: »Aber die ganzen schönen Fotos, die ich bisher schon von unserem Afrika-Urlaub gemacht habe! Sie sind alle unwiederbringlich verloren.«

Und nun bricht sie wirklich in Tränen aus. Das lässt jetzt auch den Piratenkapitän nicht mehr ungerührt. Er legt seinen muskulösen, mit Tattoos versehenen Arm um ihre Schultern und führt sie von der Reling weg in den hinteren Teil des Bootes.

»Gott sei Dank, endlich Ruhe vor der Nervensäge«, sagt Tim erleichtert.

»Nun ja, auf diese Art und Weise hätte es nicht sein müssen«, entgegnet Sven. Er hat Mitleid mit der Frau, deren Urlaubserinnerungen, soweit sie sie auf Bildern festgehalten hatte, nun im Wasser des atlantischen Ozeans treiben. Er blickt zu dem Platz, an dem die Frau mit ihrem Piratenkapitän sitzt. Sie hat den Kopf gegen seine Brust gelehnt und schluchzt noch immer. Andere haben sich um sie versammelt. Mit teilnahmsvollen Gesichtern lassen sie sich berichten, was passiert ist. Die Gruppe sieht so bestürzt aus, dass es etwas Groteskes an sich hat.

Als ob sie einer Beerdigung beiwohnen, denkt Sven und muss schmunzeln. Dann hält er wieder nach den Delfinen Ausschau.

Nach einer Weile hören die Jungen erschrockene Ausrufe.

»Jetzt ist sie wahrscheinlich hysterisch geworden«, mutmaßt Tim.

Die Jungen schauen sich um und sehen, dass die *Trauergemeinde* einschließlich der Frau und des Piratenkapitäns zur Seite gesprungen sind. Eine große Robbe hat das Boot *geentert* und bewegt sich schnaufend und prustend nach vorne. Als sie sich schüttelt, spritzt das Wasser aus dem Fell ihres massigen Körpers.

»Hey, Casanova«, begrüßt Paul lachend das Tier wie einen alten Bekannten.

»Casanova besucht uns, weil er gefüttert werden will«, erklärt er seinen Gästen.

Er holt einen Eimer mit Fischen, hält einen Fisch etwas über Casanovas Kopf. Der schnappt sich den Leckerbissen. Paul tätschelt der Robbe den dicken Hals.

»Wer möchte Casanova auch mal füttern?«, fragt er.

Als sich keine Freiwilligen melden, blickt er Sven und Tim an:

»Ihr seid doch sicherlich mutig genug, oder?«

Da können die beiden Freunde gar nicht anders als zustimmend zu nicken.

»Dann setzt euch zu Casanova, am besten links und rechts von ihm.«

Etwas zögerlich nehmen die Jungen das Tier in ihre Mitte. Als Casanova jedoch Anstalten macht, Küsschen zu geben, zucken sie ein wenig zurück.

Paul drückt ihnen je einen Fisch in die Hand und sagt:

»Ihr habt ja gesehen, wie es geht.«

Zuerst hält Sven seinen Fisch ein Stückchen über Casanovas Schnauze. Die Robbe reckt sich und schnappt sich die Mahlzeit. Danach tut es Tim seinem Freund gleich. Im Anschluss klopfen sie der Robbe den Hals und streicheln ihren Kopf.

»Sehr schön«, sagt Paul. »Gibt es noch weitere Mutige?«

Die gibt es jetzt.

»Klar«, sagt Sven zu Tim. »Wir haben es ihnen ja vorgemacht. Nun können die gut mutig sein.«

Schließlich erreichen sie eine lang gestreckte Sandbank, auf der unzählige Robben liegen. Auch im Wasser vor der Sandbank tummeln sich zahlreiche Robben. Das Boot hält ausreichend Abstand, um die Tiere nicht zu stören.

»Von denen werdet ihr morgen noch eine ganze Menge sehen«, sagt Bernd, bevor sich das Boot allmählich auf den Rückweg nach Walvis Bay macht.

Abschied aus Swakopmund

Als sie am nächsten Morgen aus Swakopmund abfahren, wabert dichter Nebel durch die Straßen und hüllt die Stadt in eine graue Dunstglocke.

»So ein Sauwetter«, schimpft Tim.

»Ich weiß nicht, ob das zutreffend ist«, wirft Sven ein. »Wenn wir in Deutschland dieses Wetter hätten, würde ich das auch so sehen. Aber nach allem, was Bernd uns neulich über die Bedeutung des Küstennebels für die Tiere und Pflanzen in der Namib erzählt hat, ist es eher kein schlechtes Wetter.«

»So gesehen, hast du wohl recht«, räumt Tim ein und wirft einen raschen Blick auf Bernd.

Der lächelt zustimmend und sagt: »Der Küstennebel ist in der Tat Feuchtigkeitsspender und damit Lebenselixier für viele Tiere und Pflanzen in der Wüste.

Cape Cross

Nachdem Bernd den Eintritt bezahlt hat, fahren sie weiter zur Atlantikküste. Zunächst sehen sie nur steinige, rotbraune Erde.

»Da vorn, was ist das für ein Tier?«, ruft Sven und zeigt auf ein hundeartiges braunes Tier mit grauer Färbung, die sich wie eine Decke über seinen Rücken ausbreitet.

»Sieht aus wie ein kleiner Wolf. Ist bestimmt ein Coyote«, erwidert Tim fachmännisch »Hab ich schon in Filmen über Indianer gesehen.«

»So etwas Ähnliches«, korrigiert Bernd. »Das ist ein Schakal, ein Schabrackenschakal – so genannt wegen seiner charakteristischen Rückenfärbung.«

Die Jungen sehen ihn verständnislos an. Deswegen fährt er fort: »Ihr scheint den Begriff Schabracke nicht zu kennen. Ist auch kein Wunder, denn er ist schon veraltet und wird heutzutage kaum noch verwendet. Eine Schabracke ist eine Decke, die über oder unter den Sattel gelegt wird. Und wie eine Decke wirkt das graue Rückenfell ja auch.«

Dann sind sie am Ziel angekommen und müssen aussteigen.

»Und nun viel Spaß«, sagt Bernd mehrdeutig.

Die Jungen springen flink nach draußen – und halten sich augenblicklich die Nase zu.

»Puh, das stinkt ja fürchterlich!«, ruft Sven.

Bernd, der es nicht besonders eilig hatte, das Auto zu verlassen, lacht schallend: »Bloß keine Schwäche zeigen.« Er klopft ihnen aufmunternd auf die Schultern.

Neben dem sehr gewöhnungsbedürftigen strengen Geruch ist die Luft erfüllt von seltsamen, lauten Geräuschen. Die Ursache ist schnell ausgemacht, und die Jungen sind zunächst sprachlos. Im

Wasser des Atlantik und am Strand halten sich unzählige Robben auf, Hunderte, nein Tausende.

»Wahnsinn.« Tim hat als erster die Sprache wiedergefunden. »Robben, soweit das Auge reicht.«

Sie gehen so nah an die Tiere heran, dass sie die am weitesten vorne liegenden Robben fast berühren können. Tim streckt tatsächlich die Hand nach einem der massigen Tiere aus. Als die Robbe jedoch ihr Maul aufreißt, ein knurrendes Fauchen hören lässt und auf Tim zurobbt, macht der erschrocken einige Schritte rückwärts. Sie gehen an der vordersten Reihe der Robbenkolonie vorbei. Viele Jungtiere liegen bei ihren Müttern und werden gesäugt. Zwischen den Robben stolzieren große Möwen umher.

Mit einem Mal entdecken sie einen Schabrackenschakal – »Deckenschakal«, witzelt Tim –, der suchend zwischen den Robbenleibern umherläuft.

»Greift der die Robben an?«, fragt Sven.

»Die ausgewachsenen natürlich nicht«, antwortet Bernd. »Für die Jungrobben kann ein Schakal aber durchaus gefährlich werden, wenn sie unbewacht von ihren Müttern sind. – Da sie vor allem schwache oder kranke, schwer verletzte oder auch bereits tote Tiere fressen, üben Schakale die Rolle der Gesundheitspolizei aus.«

Gebannt, mit klopfendem Herzen, verfolgen die Jungen mit den Augen das Raubtier. Nach einer Weile lässt der Schakal jedoch die Robbenkolonie hinter sich und verschwindet in den Weiten der Atlantikküste.

»Gott sei Dank!«, stößt Tim erleichtert hervor. »Ich hätte nicht unbedingt mitansehen wollen, wie der Schakal ein Robbenjunges reißt.«

»Hier am Kreuzkap halten sich zeitweise bis zu 100.000 Tiere auf«, erzählt Bernd. »Es handelt sich um Zwergpelzrobben, auch Ohrenrobben oder Seelöwen genannt. – Die Robbenmännchen brechen kurz nach Ende der Paarungszeit zu einer langen Reise in den Südatlantik auf. Im Oktober begeben sie sich wieder auf den Heimweg und schwimmen 1600 Kilometer zur Küste Namibias zurück. Außerhalb der Paarungszeit sieht man kaum Bullen in der Kolonie.«

»Also nur Weiber und Blagen«, stellt Tim in schnoddrigem Tonfall fest.

Bernd verkneift sich eine Bemerkung. »So schön es auch ist, mit den Robben eine zusätzliche Touristenattraktion zu haben, muss man natürlich auch die Kehrseite der Medaille sehen«, fährt er in seinen Ausführungen fort. »Die Robben machen den namibischen Fischern Konkurrenz, deshalb darf man sie nicht Überhand nehmen lassen. Aus diesem Grund wird jedes Jahr eine von der namibischen Regierung festgelegte Anzahl der Robben getötet.«

»Und dabei gucken die Touristen zu?«, fragt Sven und schüttelt sich vor Abscheu.

»Nein, nein«, entgegnet Bernd, »das geschieht unter Ausschluss der Öffentlichkeit. Dann bleibt das Reservat für Besucher geschlossen.«

Die Jungen blicken schweigend über die unzähligen Robbenleiber. Sie versuchen sich vorzustellen, wie das Töten der Robben abläuft.

Um sie auf andere Gedanken zu bringen, sagt Bernd:

»Das Kreuzkap hat neben der Attraktion der Robben jedoch auch noch eine historische Bedeutung. Der Portugiese Diogo Cao betrat bei dem Versuch, entlang der westafrikanischen Küste einen Seeweg nach Indien zu finden, als erster Europäer die Küste des heutigen Namibia. Im Namen seines Königs Johannes II. von Portugal errichtete er 1486 ein Padrao, ein Kreuz aus Kalkstein.«

Währenddessen geht er auf einen mit einer niedrigen Mauer eingefassten sandigen Platz zu. »Das Kreuz, das ihr hier seht, ist nicht mehr das Originalkreuz, sondern eine Nachbildung. Das von Diogo Cao aufgestellte Kreuz wurde 1893 von einem deutschen Kapitän der Kaiserlichen Marine entfernt und nach Berlin überführt, wo man es heute im Museum für deutsche Geschichte besichtigen kann. Auch bei dem Kreuz da vorne«, dabei weist er auf ein zweites, ähnlich aussehendes Kreuz, »handelt es sich um eine Nachbildung. Aber dieses hier kommt dem Original näher.«

Im Sand entdecken die Jungen viele Tierfährten.

»Das sind Schakalspuren«, erläutert Bernd.

Im Damaraland

Fahrt durch das Damaraland

Während die Landschaft am Atlantik flach und nur durch den sandigen Dünengürtel gegliedert ist, wird sie nun, zum Landesinneren hin, zunehmend gebirgig.

»Dieses Land ist kommunales Land der Damara«, erzählt Bernd. »Kommerzielles Farmland habt ihr ja bereits gesehen. Es ist durch Vieh- und Wildzäune unterteilt und als Privatbesitz erkennbar. Im Gegensatz dazu stellt kommunales Land keinen individuellen Grundbesitz dar. Der Boden wird von den jeweiligen Völkern, die dort leben, verwaltet.«

»Aber die gesamte Landschaft ist doch vollkommen karg und unwegsam. Der Boden besteht fast nur aus Sand – wie ein großer

Sandkasten, in dem hier und da ein paar Gräser und Sträucher wachsen. Wie kann man hier überhaupt leben?«, wundert sich Tim.

»Das ist das Problem«, bestätigt Bernd. »Das Gelände kann in der Tat nur zu einem geringen Teil landwirtschaftlich genutzt werden. – Dementsprechend einfach, oder aus europäischer Sicht auch primitiv, fristen die Menschen ihr Dasein.«

Sie fahren an einem Stand vorbei, der direkt am Straßenrand aufgebaut ist. Er besteht aus einem auf der Rückseite eines kahlen Baumstamms errichteten kurzen Holzzaun, zwei zerbeulten Blechtonnen und einem auf dem sandigen Boden ausgebreiteten Tierfell. Auf einer quadratischen Holzplatte liegen viele bunte Steine in allen möglichen Formen und Größen.

»Das sind Halbedelsteine, die zum Verkauf angeboten werden«, erläutert Bernd.

»Eigenartig, ein Verkäufer ist weit und breit nicht in Sicht«, wundert Sven sich.

Irgendwann taucht etwas abseits der Piste eine Ansammlung von Wellblechhütten auf. Provisorisch wirkende Zäune grenzen die kleinen Farmeinheiten der Damara-Siedlung voneinander ab. Vor einigen der Hütten stehen reichlich klapprig aussehende Pick-Ups.

»Die Damara gehören wahrscheinlich zu den ältesten Bevölkerungsgruppen Namibias«, erzählt Bernd. »Ihre genaue Herkunft ist aber unbekannt. Ihre Sprache weist ebenfalls Klicklaute auf, die ihr bereits bei den beiden Namafrauen gehört habt, die ...«

»...die uns auf der Lodge begrüßt haben, als wir von Schloss Duwisib gekommen sind«, vollendet Sven.

»Gut behalten«, sagt Bernd anerkennend. »Eine abwertende Bezeichnung für die Damara, auch Bergdamara genannt, war der Name ›Klipkaffer‹. – Vielfach wurden die Damara von den Herero und Nama für minderwertig gehalten und als Diener und Sklaven betrachtet.«

»Ich dachte immer, nur die Weißen hätten die schwarze Bevölkerung drangsaliert«, wirft Sven ein.

»Das ist ein Irrtum«, entgegnet Bernd. »Natürlich lebten auch die unterschiedlichen Stämme und Ethnien nicht immer friedlich miteinander. Ganz im Gegenteil. Überall auf dem afrikanischen Kontinent gibt es noch heute blutige Konflikte zwischen den verschiedenen Volksgruppen. Bis hin zum Völkermord. So geschehen 1994 in Ruanda. In knapp einhundert Tagen töteten Angehörige der Hutu-Mehrheit etwa drei Viertel der in Ruanda lebenden Tutsi-Minderheit. – Vielfach werden bei diesen Gewalttaten auch Kindersoldaten eingesetzt. Ein Großteil von ihnen wird im Alter von acht bis zwölf Jahren entführt und militärisch ausgebildet. Ob ihr den Kongo, Burundi, Ruanda, Uganda, den Sudan, Äthiopien, Eritrea oder Liberia nehmt, überall dort sind Kinder in den Reihen der staatlichen Armeen tätig. –

Im 19. Jahrhundert gab es zwischen Herero und Nama ständig schwere Auseinandersetzungen. Anlässe waren Viehdiebstahl und Kämpfe um Weidegrund und Wasserquellen. – Krieg zu führen ist keine spezifische Eigenart der Europäer oder des weißen Mannes. Nur der Versuch, die ganze Welt unter sich aufzuteilen, war im neunzehnten und zu Beginn des zwanzigsten Jahrhunderts ein europäischer Größenwahnsinn.«

Die Jungen schweigen nachdenklich.

Um sie wieder auf andere Gedanken zu bringen, sagt Bernd:

»Früher hat man diese Gegend Damaraland genannt. Dieser aus der Kolonialzeit stammende Begriff ist jedoch heute keine offizielle Bezeichnung mehr.«

Als sie eine weitere Siedlung passieren, kommt eine Schar Kinder Richtung pad gelaufen und winkt ihnen zu. Aber Bernd hält nicht an, was Sven und Tim sehr bedauern.

Im Verlauf der Fahrt macht Bernd die Jungen noch auf eine charakteristische Bergsilhouette aufmerksam, deren zwei Gipfel eindrucksvoll in den blauen namibischen Himmel ragen.

»Das da hinten sind die Große und die Kleine Spitzkoppe. Man nennt sie auch Matterhorn Namibias. Es sind Granitformationen, die insbesondere Kletterer anlocken.«

»Oh, prima«, ist Tim gleich Feuer und Flamme. »Lasst uns hinfahren und ein bisschen klettern.«

Bernd lacht.

»So einfach ist das mit dem Klettern nicht, junger Mann. Und im Übrigen haben wir leider nicht die Zeit für einen Abstecher zur Spitzkoppe.«

Enttäuscht akzeptiert Tim die Entscheidung.

Am Fuß der Erongo Berge

Als sie ihr Tagesziel, eine Lodge am Fuße riesiger Granitfelsen, erreicht haben, genießen sie einen traumhaften Blick über die wildromantische Landschaft der Erongo Berge. Es ist früher Nachmittag.

»Bis zur Sundownerfahrt haben wir noch etwas Zeit«, sagt Bernd. »Ihr könnt euch ein wenig ausruhen.«

Aber nach Ausruhen ist den Jungen überhaupt nicht zumute. Im Auto müssen sie lange genug still sitzen. Deshalb fragt Sven, ob sie nicht noch etwas unternehmen können.

»Es gibt hier einen kleinen *hiking trail*, einen schmalen Weg zwischen den Granitblöcken hindurch. Wenn ihr euch beeilt, könnt ihr es bis zum Beginn der Farmrundfahrt schaffen. – Und Tim kommt doch noch dazu, sich ein wenig im Klettern zu üben.«

Das lassen sich die beiden nicht zwei Mal sagen und düsen los.

»Ob es wohl gefährlich ist?«, fragt Tim ein wenig zweifelnd.

Sven zuckt die Schultern:

»Ich hoffe nicht, dass uns ein Leopard auflauert.«

Als Tim an einer Stelle stehen bleibt, um die Aussicht zu genießen, zwängt sich Sven durch ein schmales Felsentor, hinter dem er sich versteckt und plötzlich laut zu fauchen beginnt.

Tim erschreckt sich fast zu Tode.

»Blödmann!«, ruft er seinem Freund zu.

Der lacht schallend:

»Hast du etwa gedacht, hier sei der Leopard und dein letztes Stündlein hätte geschlagen?«

Als Tim ebenfalls durch das Felsentor geklettert ist, boxt er Sven in die Seite.

»Find' ich gar nicht witzig, Kumpel.«

Aber ernsthaft sauer ist er nicht.

Sven klatscht in die Hände.

»Wir müssen etwas Tempo machen, damit wir die Rundfahrt nicht verpassen«, treibt er zur Eile.

»Glaubst du, die warten nicht auf uns?«, fragt Tim.

»Da bin ich mir nicht so sicher«, äußert Sven.

Als sie den Parcours geschafft haben, sind sie ein wenig außer Atem.

Bernd hält bereits nach ihnen Ausschau.

Vor dem Eingang steht mit laufendem Motor ein großes, offenes Geländefahrzeug, auf dessen Sitzbänken sich bereits etliche Menschen drängen. Nachdem Bernd, Sven und Tim auf die Ladefläche geklettert sind, setzt sich der Wagen in Bewegung.

»Gerade rechtzeitig«, sagt Bernd erleichtert. »Der Farmer wäre um ein Haar ohne uns losgefahren.«

»Warum kann er denn nicht ein paar Minuten warten?«, fragt Tim gereizt.

»Hat er ja, sonst wär er schon weg«, beschwichtigt Bernd. »Aber die anderen Gäste wurden allmählich ungeduldig. Außerdem dauert die Rundfahrt ungefähr drei Stunden, und ihr wisst ja, wie schnell es dunkel wird.«

Die Jungen registrieren einige missbilligende Blicke, stören sich aber nicht daran. Für sie gibt es Schlimmeres, als sich um eine Viertelstunde zu verspäten. Sie berichten Bernd davon, auf ihrer Klettertour an mehreren Stellen einige seltsame rote Felszeichnungen entdeckt zu haben.

»Soweit wir das auf die Schnelle erkennen konnten, stellten die Zeichnungen Menschen und Tiere dar«, sagt Sven.

»Sahen aus wie Strichmännchen«, ergänzt Tim.

»Davon werdet ihr gleich noch mehr sehen«, stellt Bernd in Aussicht.

Sie fahren an bizarren Felsformationen vorbei. Eine sieht wie eine überdimensionale versteinerte Schildkröte aus.

Mit einem Mal stoppt der Geländewagen. Der Farmer beugt sich weit aus dem geöffneten Fenster, blickt prüfend auf den Boden, deutet auf einen Abdruck und sagt: »Leopard.«

Tim sieht Sven aus schmalen Augenschlitzen an; der ist blass geworden und schluckt hörbar. – Das zu den Spuren gehörende Tier können sie jedoch nirgends entdecken.

Dafür sehen sie einen großen, grau-braunen Vogel, der gemächlich durch das gelbe Buschgras schreitet.

»Eine Riesentrappe. Das Männchen ist einer der schwersten flugfähigen Vögel und wiegt bis zu 20 Kilogramm«, erläutert Bernd.

Auch der Farmer erzählt seinen Gästen etwas über die Riesentrappe, aber in englischer Sprache.

Wenig später läuft ihnen ein Warzenschwein über den Weg.

»Da Warzenschweine bei Gefahr mit steil in die Luft gestrecktem Schwanz fliehen, der dann wie eine Antenne aussieht, werden sie auch scherzhaft ›Radio Afrika‹ genannt«, gibt Bernd zum Besten.

Unter einem Busch verborgen hält sich ein ungefähr rehkitzgroßes Tier auf, das die Jungen gar nicht wahrgenommen hätten, wenn Bernd sie nicht aufmerksam gemacht hätte:

»Ein Damara-Dikdik. Eine der kleinsten Antilopenarten.«

»Die Nase wirkt irgendwie geschwollen. Als ob es Schnupfen hätte«, bemerkt Tim.

In einiger Entfernung huschen etwa kaninchengroße braune Pelztiere mit gedrungenen Körpern über einen Felsen, verharren, spähen aufmerksam nach links und rechts, laufen wieder ein paar Meter.

»Was sind denn das für drollige Tierchen?«, möchte Sven wissen. »Etwa Murmeltiere?«

»Nein. Diese putzigen Gesellen heißen Klippschliefer«, antwortet Bernd. »Sie sind keine Nagetiere, sondern entfernt mit den Elefanten verwandt – auch wenn man es ihnen auf den ersten Blick nicht ansieht.«

»Auf den zweiten auch nicht«, merkt Tim an. Er ist sich nicht sicher, ob Bernd nur einen schlechten Scherz gemacht hat.

»Das sollen kleine Elefanten sein?«, fragt Sven ungläubig.

»So kann man es wohl nicht ausdrücken«, erwidert Bernd. »Aber irgendwie sind sie halt miteinander verwandt. Darauf weisen unter anderem die oberen Schneidezähne hin, die offensichtlich den Stoßzähnen der Elefanten entsprechen. Genauer kann ich es auch nicht erklären. Ich bin schließlich kein Zoologe.«

Sie halten an und die gesamte Gruppe klettert von dem Fahrzeug herunter.

An einer Felswand befinden sich in roter Farbe auf den Stein gemalte Figuren, sowohl Menschen als auch Tiere, wie sie die Jungen in ähnlicher Weise bereits auf dem *hiking trail* gesehen haben. Es handelt sich ganz offensichtlich um Jagdszenen. Eine Giraffe ist gut zu erkennen, ebenfalls eine Herde Antilopen.

Der Farmer gibt Erläuterungen auf Englisch.

Bernd übersetzt es für Tim und Sven, da die beiden Probleme haben, den Ausführungen mit ihren Schulenglischkenntnissen zu folgen.

»Diese prähistorischen Felsmalereien sind die einzigen Quellen für Namibias frühe Geschichte. Andere *schriftliche* Zeugnisse gibt es nicht. Eine exakte Datierung ist kaum möglich. Die Schätzungen der Fachleute gehen davon aus, dass die Felsbilder ab 5000 vor Christus entstanden sind. Die Zuordnung zu einer Volksgruppe ist ebenfalls schwierig. Allerdings wird allgemein angenommen, dass es sich bei den Künstlern um Vorfahren der San, der Buschleute, gehandelt hat.«

Die meisten der Gäste haben ihre Kameras gezückt, um die Bilder zu fotografieren, und gehen ganz nah an die Zeichnungen heran.

»Bitte die Malereien nicht berühren«, sagt der Farmer, wobei er mahnend die Hände hebt. »Mancherorts sind die Felszeichnungen deshalb ziemlich verblasst, weil die Touristen Getränke darüber gekippt haben, um den Kontrast für Fotos zu verbessern.« Und sarkastisch fügt er hinzu: »Getreu dem Motto: ›Was interessiert mich die Felszeichnung? – Hauptsache, ich habe ein schönes Foto von ihr gemacht.‹«

»Das ist ja eine Riesensauerei«, ereifert sich Tim.

Sven stimmt ihm uneingeschränkt zu.

Bernd nickt anerkennend. »Das ist eine lobenswerte Einstellung, die ihr habt. Hoffentlich behaltet ihr die bei. Dann werdet ihr als Touristen überall willkommen sein. Und Gastfreundschaft erfahren. – Aber leider gibt es auch jene unangenehme Sorte von Touristen, die meinen, weil sie für ihre Urlaubsreise viel Geld bezahlt haben, hätten sie Anspruch auf alles, was sie wollen. Tourismus als die moderne Variante des Kolonialismus. Und natürlich muss für diese Herrschaften alles wie zu Hause sein. Ein fremdes Land oder ein ferner Kontinent – warum nicht. Aber bitte schön zu den eigenen Konditionen. Solchen Leuten fehlen ganz einfach Respekt und Achtung vor anderen Menschen und Kulturen. Sie halten sich selber für den Nabel der Welt und wollen sich das durch ihre Reisen nur bestätigen lassen.«

Die Jungen bemerken, dass sich Bernd wieder in Rage geredet hat, ähnlich wie am ersten Tag in Windhoek vor dem Reiterstandbild.

Auf dem Weg zurück zum Geländewagen sagt Sven zu Tim:

»Ich finde es gut, dass sich Bernd über solche Dinge aufregt. Das macht ihn mir sympathisch.«

»Ganz deiner Meinung«, pflichtet Tim bei und klopft seinem Freund bestätigend auf die Schulter.

Allmählich bricht die Dämmerung herein. Die Sonne versinkt langsam als glutroter Ball am Horizont und taucht dabei einen in der Ferne liegenden Berg in goldenes Licht.

»Das da hinten ist der Brandberg«, erläutert Bernd. »Die höchste Erhebung Namibias. Auch dort gibt es viele Felszeichnungen, darunter die berühmte ›Weiße Dame‹, die den Schönheitsfehler hat, in Wahrheit ein Mann zu sein. Sie ist heutzutage nur noch vergittert zu sehen, weil sie ein Opfer jener unvernünftigen Touristen geworden ist, von denen der Farmer vorhin berichtet hat.«

»Seht mal«, sagt Sven und deutet über sich. »Während da hinten die Sonne untergeht, geht hier der Mond auf.«

Tatsächlich klettert die helle Scheibe des Vollmondes an den Abendhimmel.

Tierlaute schallen durch das unter ihnen liegende Tal.

»Paviane«, fasst Bernd kurz und bündig die Ausführungen des Farmers zusammen. Aber die Affen bekommen sie nicht zu Gesicht. Stattdessen sehen sie auf der Rückfahrt einen ziemlich großen Vogel mit grauschwarzer Oberseite und weißem Bauch in einem Baum sitzen.

»Der Kopf wirkt fast wie bei einer Eule«, stellt Tim fest.

»Das ist ein Schwarzbrustschlangenadler«, übersetzt Bernd die Erklärungen des Farmers. »Er ernährt sich überwiegend von Schlangen, obwohl er gegen deren Gift nicht immun ist.«

»Mutig, mutig«, murmelt Tim.

Vom Franke-Turm bis zur Vingerklip

Nach der Abfahrt von der »Leopardenfarm ohne Leopard«, wie die Jungen die Lodge am Fuße der Erongo Berge getauft haben, erreichen sie eine knappe Stunde später Omaruru. Den Ort selbst besuchen sie nicht, stattdessen hält Bernd an einem runden Beobachtungsturm aus braunem Stein.

Sven und Tim springt sofort eine Kanone in die Augen, die auf hohen Rädern vor dem Turm steht. Daneben ist eine große blaue Tafel aufgestellt, auf der in weißer Schrift als oberste Zeile *Franke Turm* geschrieben steht.

»Dieser Turm, der 1908 errichtet wurde, ist nach dem Hauptmann der deutschen Schutztruppe, Viktor Franke, benannt worden«, erzählt Bernd. »Der besiegte im Februar 1904 die aufständischen Herero. – Ihr seht, Spuren der Kolonialvergangenheit dieses Landes finden sich überall. – Eine wirklich anerkennenswerte Leistung von Viktor Franke bestand allerdings darin, dass er erst Ende Dezember 1903 von Omaruru aus nach Gibeon aufgebrochen war, um die deutschen Truppen im Kampf gegen die Nama zu unterstützen. – Gibeon liegt etwa so weit südlich wie Schloss Duwisib. – Kaum dort angekommen, erreichte ihn die Nachricht vom Herero-Aufstand, woraufhin er sogleich umkehrte. Das entsprach einer Gesamtmarschleistung von rund 900 km.«

»Können wir etwas durch das Feld laufen?«, fragt Tim und weist auf die grüne Fläche, die sich um den Turm erstreckt.

Bernd schüttelt den Kopf. »Besser nicht – es gibt dort viele Schlangen.«

Auf der Weiterfahrt Richtung Norden fallen den Jungen hin und wieder Windräder auf.

»An den Windrädern ist erkennbar, dass es sich um Farmland handelt«, erläutert Bernd. »Die Windmotoren dienen dazu, Wasser in Speicher zu pumpen, von wo es mittels Plastikrohren über das gesamte Farmgelände verteilt wird.«

Am Ugab Rivier, einem Trockenfluss, legen sie im Schatten großer Bäume einen Stopp ein.

Bernd macht die Jungen auf hohe, schlanke Bäume mit weitausladenden Kronen aufmerksam.

»Das sind Anabäume. Wegen ihres weißlichen Holzes werden sie auch *Weißholz* genannt. Der Anabaum erreicht eine Höhe von bis zu 30 Metern und ist die größte Akazienart des südlichen Afrika.«

Ein paar Meter weiter deutet Bernd auf einen prächtigen Baum, dessen Stamm fast vollständig hinter den an langen Rispen von den knorrigen Ästen herabhängenden Blättern verschwindet.

»Dies ist das Prachtexemplar eines Ahnenbaums. Sein Holz ist sehr hart, deshalb wird er auch als Eisenholzbaum bezeichnet. Die Herero verehren ihn als heiligen Baum, weil ihre Urahnen seinem Stamm entstiegen sein sollen. – Je nach Untergrund und Regenmenge kann er völlig unterschiedliche Wuchsformen annehmen. Symbolisch ist er als Busch in jedem Herero-Kraal vertreten.«

Gegen Mittag hält Bernd auf einem Parkplatz. In einiger Entfernung ist ein Hügel, auf dessen Spitze eine Felsnadel steht.

»Sieht aus wie ein Zeigefinger, der mahnend zum Himmel weist«, bemerkt Sven beeindruckt.

»Dürfen wir da hoch?«, fragt Tim.

Bernd nickt, und schon laufen die Jungen los, vorbei an großen Felsbrocken, manche so rund wie der überdimensionierte Ball eines Riesen. Schließlich sind sie, etwas nach Luft schnappend, am Fuße des Felsenfingers angelangt. Bernd kommt gemächlich, dafür aber ohne Atemprobleme, nach.

»Dies ist die Vingerklip, die Fingerklippe. Sie ist 35 Meter hoch und hat einen Umfang von 45 Metern. Sie ...«

Bernd unterbricht sich mitten im Satz, denn die Jungen hören ihm gar nicht mehr zu. Sie haben sich auf den Weg gemacht, die Felsnadel zu umrunden.

»Passt aber auf, es ist teilweise sehr schmal!«, ruft er ihnen hinterher.

»Und rutschig!«, ruft Sven zurück, der ausgerutscht ist und beinahe gestürzt wäre.

Als die Jungen nach kurzer Zeit wieder auftauchen, hat Tim ein leicht aufgeschrammtes linkes Knie.

»Bist du hingefallen?«, fragt Bernd besorgt.

»Nööh«, entgegnet Tim, »an einer besonders schmalen Stelle bin ich mit dem Knie an der Felswand vorbeigeratscht. Ist aber halb so schlimm.«

Bernd ist beruhigt.

»Von hier oben hat man einen fantastischen Ausblick«, stellt Sven begeistert fest. »Vor allem die Hügel mit den Ruinen oben drauf sehen irre aus.«

Bernd muss lachen. »Ruinen ist gut. Das sind Tafelberge. Sie bestehen aus Kalkstein, genauso wie die Vingerklip, und sind Überreste eines früheren Plateaus, welches vom Ugab Fluss ausgewaschen wurde. Diese Ugab-Terrassen sind also durch Jahrtausende lange Erosionsprozesse entstanden. – Auch die Vingerklip ist Überbleibsel einer solchen Terrasse. Gut möglich, dass sie eines Tages umstürzt.«

»Dann sollten wir aber möglichst hier verschwunden sein«, wirft Tim ein.

Bernd grinst.

»Seit wann denn so ängstlich, junger Mann? – Außerdem ist es höchst unwahrscheinlich, dass der jüngste Tag für die Fingerklippe bereits heute gekommen ist.«

Während der Weiterfahrt sehen sie Türme von unterschiedlicher Form, Größe und Farbe. Manche sind braun, manche weiß, sogar schwarze gibt es. Während einige sich pyramidenförmig nach oben hin gleichmäßig verjüngen und frei stehen, sind andere scheinbar an Baumstämme angelehnt oder um sie herum gebaut.

»Der da vorne sieht aus wie eine Miniaturausgabe der Fingerklippe!«, ruft Tim und weist auf einen Turm, der tatsächlich einen
hügelartigen Fuß und darauf einen nach oben weisenden schmalen
›Fingeraufsatz‹ hat.

»Das sind Termitenhügel«, erläutert Bernd. »Termitenbauten
sind typisch für den Norden Namibias. Obwohl sie, wie ihr seht,
mehrere Meter hoch sein können, bildet der sichtbare Hügel gerade mal ein Fünftel des gesamten Baus. Er dient der Luftzufuhr
und zum Wärmeausgleich. – Die Termiten sind übrigens nicht mit
den Ameisen verwandt.«

Tim und Sven haben einen Termitenhügel etwas zaghaft berührt.

»Der ist ja steinhart«, stellt Tim überrascht fest.

»Die Festigkeit und Härte eines Termitenhügels entspricht in
etwa der von Sandstein«, erklärt Bernd.

»Und woher kommen die verschiedenartigen Farben der Termitenhügel?«, möchte Sven wissen.

»Da das Baumaterial zum Großteil aus Erde besteht, hängt die Farbe des Termitenhügels von der Farbe der Erde ab, aus der er gebaut worden ist«, antwortet Bernd. »Vielleicht interessiert euch noch, dass die Termitenart, die diese imposanten Hügel errichtet, im Bau eine eigene Pilzkultur züchtet. Zu Beginn der Regenzeit wachsen die Pilze bis zu 1,5 Meter in einer Nacht und brechen seitlich aus dem Termitenhügel heraus. Dieser äußerst schmackhafte Pilz heißt Omajowa und gilt als Delikatesse.«

Bei den Himba im Nordwesten Namibias

Auf dem Weg nach Opuwo

»Hier rechter Hand ist die westliche Umzäunung des Etosha-Nationalparks«, sagt Bernd.

»Fahren wir da nicht rein?«, fragt Tim. »Dort gibt es doch all die Tiere, die wir gerne sehen wollen.«

»Der Etosha-Park steht selbstverständlich auf unserem Reiseprogramm«, entgegnet Bernd. »Aber nicht heute. Bis es soweit ist, müsst ihr euch noch etwas gedulden.«

Die Jungen sind enttäuscht, wären sie doch am liebsten sofort in den Park hinein gefahren. Von nun an starren sie unablässig nach rechts, in der Hoffnung es möge sich ein Wildtier in der Nähe des Zauns blicken lassen.

Nach einer Weile gelangen sie an eine Art Straßensperre. Ein Tor in einem Zaun, der sich von links nach rechts erstreckt. Ein uniformierter schwarzer Beamter kommt auf das Auto zu und spricht mit Bernd. Der steigt aus und öffnet den Kofferraum. Die Jungen blicken sich erschrocken an.

»Was hat das zu bedeuten?«, fragt Tim.

»Wenn ich das nur wüsste«, entgegnet Sven bedrückt.

Bernd und der uniformierte Beamte kommen zurück. Während sich Bernd wieder hinters Steuer setzt, wirft der Beamte einen prüfenden Blick in das Wageninnere. Dann gibt er mit einem Wink der rechten Hand zu verstehen, dass sie weiterfahren dürfen.

»Puh, das war unheimlich«, sagt Sven.

»Ich dachte schon, wir würden verhaftet«, macht auch Tim aus seinem Herzen keine Mördergrube.

Bernd grinst breit.

»Wir haben soeben den Veterinärzaun passiert. Er durchschneidet ganz Namibia auf einer Länge von 6600 km von West nach Ost. Er wurde kurz nach dem Ausbruch der Rinderpest 1879 errichtet und 1961 nach dem Ausbruch der Maul- und Klauenseuche nochmals verstärkt. Man nennt ihn auch die *Rote Linie*. Von Nord nach Süd dürfen keine Fleischwaren und Milchprodukte über diese Linie mitgeführt werden.«

»Und warum hat der Beamte dann so ausführlich in unser Auto geschaut?«, fragt Sven. »Wir fahren doch von Süden nach Norden, oder sehe ich das falsch?«

»Das siehst du vollkommen richtig«, antwortet Bernd. »Er hat das Ganze offensichtlich zu einer allgemeinen Verkehrskontrolle genutzt. Vielleicht hatte er Langeweile und wollte sich etwas die Zeit vertreiben. – Im Übrigen hatte der Veterinärzaun früher auch noch eine weitere Funktion, nämlich die im Norden lebenden Stämme aus dem übrigen Südwestafrika herauszuhalten. Auch den Südafrikanern kam er zur Durchsetzung ihrer Homeland-Politik sehr gelegen.«

Sie sehen die ersten Rinder. Die weiden zu beiden Seiten der Straße. Manchmal gelüstet es sie auch, gemächlichen Schritts von einer Straßenseite zur anderen zu gehen oder mitten auf der Fahrbahn stehen zu bleiben, was Bernd mehrmals fluchend zu abrupten Bremsmanövern zwingt.

Den Jungen fällt auf, dass die vorher allgegenwärtigen Zäune entlang der Straße verschwunden sind.

»Das liegt daran«, erklärt Bernd, »dass wir uns hier nicht mehr auf Farmland befinden. Wir sind jetzt im Kaokoveld, dem nordwestlichsten Teil Namibias. Und die Rinder, die offensichtlich die Ruhe weghaben, gehören den Ovahimba, kurz auch Himba genannt.«

Schließlich erreichen sie Opuwo.

»Opuwo ist Verwaltungssitz und Hauptstadt der Region Kunene«, erläutert Bernd.

»Unter Hauptstadt stelle ich mir eigentlich etwas anderes vor«, bemerkt Tim. »Wenn nicht eine Großstadt, so doch zumindest eine Stadt in der Größenordnung von Bonn. Aber dies ist ja allenfalls eine größere Ortschaft.«

»Und zwar die einzige weit und breit«, ergänzt Bernd grinsend. »Aber immerhin gibt es hier außer vielen kleinen Kneipen, *Shebeens* genannt, auch Supermärkte, Kirchen, eine Polizeistation, ein Krankenhaus und dies hier.«

Mit diesen Worten lenkt er den Wagen auf ein direkt neben der Hauptstraße gelegenes Tankstellengelände und tankt. Dann fahren sie durch den Ort. Auf einem Schild am Straßenrand steht der Name ihres heutigen Übernachtungsquartiers. Daneben weist ein Pfeil nach links. Etwa drei Kilometer muss sich das Auto einen Berg hinaufquälen.

Nachdem sie ein eisernes Tor passiert haben, erblicken sie die großzügige Anlage der Lodge. Auf der Terrasse haben sie einen fantastischen Blick über die hügelige Landschaft. Es gibt sogar einen Swimmingpool, dessen Wasser das intensive Blau des Himmels widerspiegelt.

In Windeseile haben die Jungen die Badehosen aus ihrem Gepäck gefischt und tummeln sich im Pool. Obwohl das Wasser empfindlich kalt ist.

Nach dem reichhaltigen Abendbüffet gibt Bernd schon einmal einen Ausblick auf den nächsten Tag.

»Die halbnomadisch lebenden Himba, die wir morgen besuchen werden, sind eines der letzten traditionellen Hirtenvölker auf dem afrikanischen Kontinent. Sie gehören zur Sprachfamilie der Bantu. Der Besuch eines Himba-Dorfes zählt für mich zu den Höhepunkten einer Namibia-Reise.

Die Zahl der Himba im heutigen Namibia wird auf ca. 5000 geschätzt. Darüber hinaus leben noch etwa 3000 in Angola. Ihren hauptsächlichen Besitz stellen ihre Rinder dar, daneben auch Ziegen und Schafe.

Was unseren morgigen Besuch eines Himba-Dorfes besonders reizvoll macht ist die Tatsache, dass sich die Himba ihre ursprüngliche Lebensweise bisher weitestgehend bewahrt haben – im Unterschied zu den mit ihnen verwandten christianisierten Herero. Das liegt in erster Linie an der Abgeschiedenheit des unwirtlichen und unerschlossenen Kaokovelds. Allerdings haben sich inzwischen auch einige Ovambo, die mit knapp 50% der Gesamtbevölkerung größte Volksgruppe Namibias, im Kaokoveld angesiedelt. Die drängen die Himba allmählich weiter zurück, ohne dass die es merken – bis es zu spät ist. Bedroht wird die Kultur der Himba darüber hinaus durch Tourismus und Verkehrserschließung.«

»Dann ist es also gar nicht so gut, dass wir morgen in ein Himbadorf fahren?«, fragt Sven besorgt.

»So pauschal kann man das nicht sagen«, antwortet Bernd. »Tourismus hat immer zwei Seiten. Einerseits stellt er eine willkommene Einnahmequelle für die Menschen dar, andererseits bedeutet er auch eine Gefahr, insbesondere für indigene Völker.«

»Was heißt indigene Völker?«, will Sven wissen.

»Das sind die noch traditionell lebenden ursprünglichen Naturvölker, die von den Segnungen« – dieses Wort betont Bernd so, dass die Ironie nicht zu überhören ist – »unserer Zivilisation noch weitgehend unberührt sind.«

»Aber ist es denn wirklich vorteilhaft, wenn ein Volk noch wie in der Steinzeit lebt?«, gibt Sven zu bedenken.

Bernd zuckt die Schultern. »Das ist schwer zu sagen. Natürlich entspricht der Lebensstandard der Himba nicht annähernd unserem. Allerdings wird auch ihr Lebensgefühl ein völlig anderes sein. Und ob die westlichen Wohlstandsmenschen dabei immer die Nase vorn haben, ist die Frage. – Tatsache ist jedenfalls, dass viele Naturvölker, die mit westlicher Zivilisation in Kontakt gekommen sind, in Lethargie, Alkohol und soziale Desintegration abgestürzt sind. Auch für die Himba gibt es zahlreiche düstere Prognosen darüber, wie lange sie ihre traditionelle Lebensform noch aufrechterhalten können. Die meisten Schätzungen unterscheiden sich hierbei nur in der Zahl der Jahre. Deshalb freut euch, morgen die Gelegenheit zu haben, dieses Volk in seiner Ursprünglichkeit kennenzulernen.«

Als die Jungen sich zum Einschlafen in ihre bequemen Betten legen, die Vorhänge ihres Moskitonetzes sorgfältig zugezogen, denken sie noch lange über Bernds Worte nach; gespannt und voller Vorfreude auf den nächsten Tag.

Besuch im Himbadorf

Nach dem Frühstück fahren sie in einem allradgetriebenen Jeep den Hügel hinunter, biegen auf der Hauptstraße nach rechts ab und lassen Opuwo hinter sich, um in das Innere des Kaokoveldes vorzudringen. Auf holpriger Piste werden sie kräftig durchgeschüttelt.

Nach längerer Fahrt sehen sie vereinzelt junge Himba-Burschen, die ihre Rinder durch den Busch begleiten. Einige reiten auf Eseln.

Hin und wieder erblicken sie die kreisrunden Hütten eines Himba-Dorfes.

»Sie erinnern mich in ihrer Form an die Heuhaufen der gleichnamigen Gemäldeserie von Claude Monet«, sagt Bernd. »Kennt ihr Monet?«

Sven und Tim schütteln die Köpfe.

»Monet war ein französischer Maler des Impressionismus.«

Menschen können sie nicht ausmachen, dafür sind die Dörfer zu weit von der Piste entfernt.

Irgendwann biegen sie nach links ab und fahren scheinbar ziellos durch die Wildnis. Plötzlich sehen sie linker Hand ein Himba-Dorf liegen. Es ist von einem Holzzaun aus Zweigen und Ästen, zwischen denen Draht gespannt ist, umgeben. Neben den offenen Eingängen liegt dorniges Gestrüpp, mit dem sie verschlossen werden können.

Als der Jeep anhält, tauchen wie aus dem Nichts mehrere Himbakinder aus dem Busch auf. Einige Schafe laufen blökend neben ihnen her. Neugierig und erwartungsvoll schauen die Kinder die Besucher an.

Der Fahrer des Jeeps, Josua, ebenfalls Himba, der als Dolmetscher fungiert, geht auf den Eingang zu und spricht mit dem *chief*, dem Dorfältesten.

»Der muss nämlich seine Zustimmung zum Besuch des Dorfes geben«, erklärt Bernd. »Ist der Dorfälteste nicht anwesend, fällt dieses Entscheidungsrecht seiner Erstfrau zu.«

»Heißt das, er hat mehrere Frauen?«, fragt Sven.

»Davon könnt ihr ausgehen«, antwortet Bernd.

»Vielleicht erfahren wir ja gleich Näheres.«

»Und was ist, wenn die Genehmigung zum Besuch verweigert wird?«, will Tim wissen.

»Dann müssen wir unverrichteter Dinge von dannen ziehen und unser Glück im nächsten Dorf versuchen.«

Die Jungen halten den Atem an.

»Hoffentlich bekommen wir die Besuchserlaubnis«, murmelt Tim und drückt vor Aufregung die Nägel seiner Daumen in die Zeigefinger.

Da kommt Josua zum Auto zurück und bedeutet Bernd und den Jungen, ihm zu folgen. Der chief hat sein Einverständnis zum Besuch gegeben.

Sven und Tim haben ein wenig Herzklopfen. Unsicherheit beschleicht sie angesichts der fremden Umgebung. Außerdem haben sie das Gefühl, in die Privatsphäre dieser Dorfgemeinschaft einzudringen.

Sie gehen auf den Dorfältesten zu und begrüßen ihn, wie es ihnen Josua vorgemacht hat, mit *moro moro*, guten Tag. Er sitzt auf einem klapprigen, mit Segeltuch bespannten Rohrstuhl, seine Enkel stehen hinter ihm, der jüngste hockt auf seinem rechten Knie.

Bekleidet ist er mit einem Lendenschurz, seine Füße stecken in Sandalen aus alten Autoreifen. Auf dem Kopf hat er eine bunte, flache Wollmütze. Um den Hals trägt er außer einem breiten Halsring zwei Ketten. An der längeren Kette baumelt ein Amulett, das wie die Spitzen zweier Hörner aussieht. An seinen Handgelenken sind bunte Armbänder.

Dann stellt er Bernd und den Jungen Fragen, die diese mit Hilfe von Josua beantworten. So möchte er wissen, woher Sven und Tim kommen. Dabei ist für ihn nur die Himmelsrichtung von Interesse.

»Wo Deutschland genau liegt, davon hat er keine wirkliche Vorstellung«, erläutert Josua.

»Ist ja kein Wunder, denn Landkarten oder Fernsehgeräte gibt es hier wohl nicht«, sagt Sven.

Wie viele Ehefrauen Bernd hat, möchte er als nächstes erfahren. Bernds Antwort, eine, ist für ihn eine einzige Enttäuschung.

»Etwas mehr als eine Ehefrau darf es bei den Himba schon sein«, erzählt Josua. »Er selbst hat fünf.«

Nachdem der Wissensdurst des Dorfoberhauptes gestillt ist, ist er bereit, auch Fragen von Bernd und den Jungen zu beantworten.

Sven und Tim trauen sich nicht so recht, außerdem fällt ihnen auf die Schnelle nichts ein.

Dafür stellt Bernd eine Frage:

»Worauf beruht die Tradition, den Himbakindern im Alter von etwa zehn Jahren die vier unteren Schneidezähne auszuschlagen?«

»Der Ursprung dieses Brauches liegt darin begründet, dass zur Zeit des Sklavenhandels nach Amerika die Himba infolge ihrer fehlenden Zähne keine makellose Ware mehr darstellten. Somit waren sie für die Sklavenhändler wertlos. Auf diese Weise haben sie sich der Versklavung entziehen können.«

Im Anschluss an diesen Small Talk mit dem Dorfoberhaupt dürfen sich Josua, Bernd und die Jungen im Dorf frei bewegen.

Das Dorf besteht aus einem Rinderkral und einer überschaubaren Anzahl von Holzhütten.

»Die Hütten nennt man *Pontoks*«, erklärt Josua. »Sie sind teilweise mit einer Mischung aus Lehm und Kuhdung verputzt.«

Zwischen dem Rinderkral und der Haupthütte glimmt kaum sichtbar ein Feuer.

»Dies ist das heilige Feuer«, erzählt Josua. »Es symbolisiert die dauernde Verbindung zwischen den lebenden und toten Familienmitgliedern und darf nicht erlöschen. Außerdem werden hier Initiationsriten und sonstige Zeremonialhandlungen durchgeführt.«

Auf die fragenden Blicke von Sven und Tim erläutert Bernd: »Initiationsriten sind Handlungen, durch welche die Jungen und Mädchen in den Kreis der Erwachsenen aufgenommen werden.

Zeremonialhandlungen sind kultische, religiöse Handlungen.«

»Warum ist denn der Rinderkral leer?«, fragt Tim.

»Die Tiere sind draußen im Veld«, entgegnet Josua.

»Und warum sieht man hier fast nur Kinder, Jugendliche und Frauen?«, möchte Sven wissen.

»Die Männer sind auf der Suche nach Weidegründen und Wasser oder als Hirten mit ihren Herden unterwegs«, antwortet Josua.

Die Kleidung der Himba-Frauen besteht aus einem aus Ziegen- oder Kalbsfell hergestellten Lendenschurz. Manche Frauen haben außerdem Wolldecken um die Hüften geschlungen.

Der Anblick der halbnackten Himbafrauen macht die Jungen verlegen.

»So viele nackte Titten auf einmal hab ich noch nie gesehen«, flüstert Tim in gespielter Lässigkeit.

»Wahrscheinlich hast du überhaupt noch keine nackten Titten gesehen«, frotzelt Sven. »Höchstens davon geträumt.«

Tim braust auf: »Hah, hast du eine Ahnung ...«

»Jungs, beruhigt euch«, hören sie Bernd sagen. Er hat ihr Gespräch doch mitbekommen.

»Dies hier ist keine Peepshow. – Auch wenn es manchmal männliche Kegelclubs gibt, die das so empfinden. Denkt daran, worüber wir gestern Abend gesprochen haben. Respekt vor fremden Völkern und Kulturen. Die traditionell lebenden Himbafrauen sind nun einmal recht spärlich bekleidet. Das sollte man aber nicht missdeuten.«

Sven und Tim schweigen, peinlich berührt.

Bernd hilft ihnen schnell aus der Bredouille, indem er erzählt: »Die Himba werden manchmal das ockerrote Volk Namibias genannt, weil die Frauen ihren Körper jeden Tag mit einer Creme einreiben, die aus dem Pulver zerriebenen Roteisensteins, Butterfett und verschiedenen Kräutern hergestellt wird. Dies entspricht ihrem Schönheitsideal. Gleichzeitig dient es dem Sonnen- und Moskitoschutz. Die Jungen und Männer verzichten auf den Zusatz von Ocker. Aus diesem Grund ist ihre Hautfarbe tiefschwarz, wie ihr beim Dorfoberhaupt gesehen habt.«

Außerhalb des Dorfzauns liegt eine junge Frau auf einer Decke, eine zweite kniet vor ihr und flicht ihr Zöpfe. Ein perückenartiges großes Haarteil liegt neben den beiden Frauen.

»Die Zöpfe der Himba-Frauen werden mit den Haaren der kahlgeschorenen Brüder verlängert«, erzählt Josua. »Überhaupt kommt der Haartracht der Himba eine besondere Bedeutung zu.«

Er bittet mehrere Kinder und Jugendliche, sich nebeneinander zu stellen.

»Anhand der Frisuren lässt sich Alter und gesellschaftlicher Status erläutern. So haben Jungen zuerst einen Tonsurhaarschnitt und anschließend einen eingeflochtenen Zopf, junge Mädchen tragen ihre Haare zunächst in zwei kräftigen, nach vorn fallenden Zöpfen, danach werden diese Zöpfe in Strähnen geteilt, die wie ein Vorhang über die Augen hängen. Ab dem heiratsfähigen Alter werden die Zöpfchen am Hinterkopf getragen. Sie werden ebenfalls mit der ockerroten Paste eingerieben. Den Kopf der verheirateten Frau ziert zudem eine Fellhaube, *erembe*. – Ein junger, unverheirateter Mann«, fügt Josua ergänzend hinzu, weil ihm diesbezüglich keine *Modelle* zur Verfügung stehen, »hat auf seinem ansonsten kahlgeschorenen Kopf lediglich einen

Haarkamm, der zu einem einzelnen Zopf geflochten und ab dem heiratsfähigen Alter in zwei Zöpfe aufgeteilt wird. Verheiratete Männer tragen eine turbanähnliche Kopfbedeckung, *ondumbo* genannt, unter der das Haar weiterwächst.

Sven und Tim ist nicht entgangen, dass die Himbafrauen zwar nur wenig Kleidung, dafür aber eine Menge Schmuck tragen.

Darauf angesprochen, berichtet Josua:

»Der Schmuck der Himba-Frauen kann bis zu 12 kg wiegen und besteht, wie ihr sehen könnt, aus einem Eisenperlengürtel, Gamaschen aus Eisenperlen um beide Unterschenkel, dreieckigen, ebenfalls mit Eisenperlen verzierten Lederstreifen, die über Rücken und Brust hängen, sowie Halsketten, Ringen und Armbändern. Bei den Armreifen ist Leder oder Messing zum Teil durch Abschnitte von Kunststoffrohren als Werkstoff ersetzt worden. Ein ganz besonderes Schmuckstück, das innerhalb der Familie von Generation zu Generation weitervererbt wird, ist die *ohumba*, das Gehäuse der Ngoma-Schnecke.«

Den Jungen fällt auf, dass nicht alle Kinder völlig gesund wirken. Einige haben entzündete Augen und leicht aufgeblähte Bäuche.

»Werden die Himba auch ärztlich versorgt?«, fragt Sven.

»Es gibt eine mobile Gesundheitsvorsorge«, antwortet Josua. »Dadurch ist die Kindersterblichkeit gesunken. Von einer ärztlichen Grundversorgung, wie ihr sie in Deutschland gewohnt seid, ist das allerdings meilenweit entfernt.«

Tim interessiert, ob die Himbakinder auch zur Schule gehen.

»Es gibt eine mobile Zeltschule, die aber nur von etwa einem Drittel der Himba-Kinder besucht wird, und das auch nicht täglich«, entgegnet Josua.

»Das fänd ich auch toll, wenn ich nicht jeden Tag in die Schule müsste«, sagt Tim, und sein Freund pflichtet ihm bei.

»Wärt ihr im Gegenzug auch bereit, euer Luxusleben mit dem einfachen Leben hier draußen im Busch zu tauschen?«, fragt Bernd.

»Eher nicht«, gibt Sven ehrlich zu.

Auch Tim scheint wenig geneigt, einen solchen Rollentausch für sich ins Auge zu fassen.

Beide wundern sich jedoch, dass es im Dorf so ruhig und friedlich zugeht. Kein Geschrei oder Weinen, es herrscht eine fast heitere Gelassenheit bei diesem Naturvolk.

»Selbst die Hunde machen einen äußerst friedfertigen Eindruck. Sie behelligen uns weder durch Knurren, Bellen noch sonstige Drohgebärden«, stellt Tim erstaunt fest.

Beliebt sind die Trinkwasserflaschen, die sie aus dem Jeep mit herausgenommen und die bei den Kindern rasch ihre Abnehmer gefunden haben.

Eine ältere Frau sitzt vor ihrer Hütte und schwenkt einen mit Seilen oben am Eingang befestigten großen Flaschenkürbis, eine *Kalebasse*.

»Wozu ist das gut?«, fragt Sven.

»Sie stellt Butter her«, erwidert Josua. »Die Grundnahrung der Himba besteht nämlich aus saurer Milch und Buttermilch sowie Mais- und Hirsebrei. Auch für die tägliche Hautpflege wird Butter benötigt. – Obwohl sich ein Hirtenvolk wie die Himba eine sinnvolle Existenz ohne Rinder nicht vorstellen kann, sind diese Tiere eher Statussymbol; höchstens bei wichtigen zeremoniellen Anlässen wird ein Rind geschlachtet. – Einige Rinder gelten auch als heilig und dürfen nicht geschlachtet oder verkauft werden.«

In einer anderen Hütte, deren Boden mit Decken und Fellen ausgelegt ist und die nur das Notwendigste, wie Küchengeräte und Kalebassen, enthält, sitzt eine junge Frau. Josua spricht mit ihr. Dann fragt er Bernd und die Jungen, ob sie Interesse hätten, sich einmal die Hygienemaßnahmen der Himba zeigen zu lassen.

»Dies geschieht nämlich nicht etwa durch Waschen; dafür ist Wasser in dieser Gegend viel zu selten und zu kostbar. Stattdessen werden in jenem kleinen Tongefäß, das neben der Frau steht, Kräuter, Gräser und Baumrinde verbrannt. Wie ihr selbst riechen könnt, entwickelt sich hierbei ein starker, aromatischer Rauch.«

Die Frau hält das Gefäß nun unter ihre Achselhöhlen und auch zwischen ihre Beine.

»Auf diese Weise wirkt der Rauch als Deodorant«, erläutert Josua.

Die meisten Frauen sitzen in Gruppen zusammen. Unter ihnen eine Frau, die in ihrer bunten Tracht wie ein bizarrer Farbtupfer inmitten der halbnackten Himba-Frauen wirkt.

»Wer ist denn das?«, fragt Tim.

»Das ist eine Herero«, antwortet Josua.

»Sie sieht ein bisschen aus wie eine Dickmamsell, obwohl sie eigentlich nicht dick ist«, sinniert Sven.

»Das liegt an ihrer Kleidung«, erklärt Josua. »Die Tracht stammt aus der Viktorianischen Zeit und wurde von den Ehefrauen der ersten Missionare nach Namibia gebracht. Sie besteht aus mehreren Schichten übereinandergezogener Röcke. Das ergibt ungefähr 12 Meter Stoff und lässt die Kleidung recht voluminös erscheinen.«

»Und diese merkwürdige Kopfbedeckung?«, hakt Tim nach.

»Das ist ein Kopftuch, das zu einer dreieckigen Haube gebunden wird. Die beiden abstehenden Spitzen des Tuches symbolisieren ...«

»Teufelshörner«, platzt Tim dazwischen.

Josua muss lachen.

»Nicht ganz. Hörner ja, aber nicht Teufels-, sondern Rinderhörner. Sie erinnern an den Rinderkult, von dem ich vorhin gesprochen habe. – Wahrscheinlich hat die Frau in dieses Dorf eingeheiratet.«

Viele jüngere Frauen haben ihre kleinen Kinder bei sich und geben den Säuglingen die Brust.

Einige Frauen stellen Schmuck her, einige bereiten in schwarzen Metalltöpfen, die auf Füßen über einem kleinen Feuer stehen, Essen zu.

Eine ältere Frau und mehrere Kinder, wahrscheinlich ihre Enkel, sitzen vor einer Hütte bei der Mahlzeit. Auch einer der friedlichen Dorfhunde hat sich dazu gesellt.

Eine junge Frau nähert sich von außerhalb dem Dorf, bleibt am Zaun stehen und unterhält sich eine Weile mit einem jungen Mann. Sie trägt die Fellhaube, das Zeichen der verheirateten Frau. Dann dreht sie sich um und geht zurück. Der junge Mann blickt ihr nach, bis sie in den Weiten des Kaokovelds verschwunden ist.

»Ob das ihr Mann ist? Oder ihr Bruder?«, bemerkt Sven fragend.

»Wer weiß. Vielleicht ist es ja auch ihr Liebhaber, und sie haben ein heimliches Rendezvous verabredet«, erwidert Tim.

Sie beobachten eine andere junge Frau, die, ein Stöckchen in der rechten Hand haltend, einen Esel in das Dorf führt, der an beiden Seiten große Behälter mit grünblättrigen Pflanzen trägt.

Vor einer Hütte lässt sie das Tier Halt machen, lädt die Behälter ab und schüttet die Pflanzen auf einen Haufen.

»Was sind das für Pflanzen?«, fragt Sven in der Erwartung, von Josua eine Antwort zu erhalten. Doch der ist mit Bernd zurück geblieben. Beide sind in ein Gespräch vertieft.

An einem Baum lehnt ein junger Mann, er scheint gerade erst gekommen zu sein. Er ist westlich gekleidet, einschließlich einer Adidas-Schirmmütze und einem T-Shirt mit der Aufschrift Cape Town 2003. In der linken Hand hält er einen Hirtenstab.

»Schau mal, was er da in die Astgabel gestellt hat.« Tim zupft Sven am Ärmel.

»Das ist ja ein – Transistor-Kofferradio!«, ruft Sven erstaunt. »So ganz unberührt von Modernität ist dieses Dorf auch nicht mehr.«

Einige Himbajungen spielen mit einem Drahtauto.

»Das ist aber ein sehr einfaches Spielzeug«, kommentiert Tim.

Drei andere Kinder kommen aus einer kleinen Hütte, bleiben unschlüssig im Eingang stehen, sehen Tim und Sven mit großen Augen an, wagen sich ganz nach draußen, um nach wenigen Augenblicken wieder in der Hütte zu verschwinden. Kurz darauf wiederholt sich dieses Schauspiel.

Mit einem Mal herrscht leichter Aufruhr. Mehrere Kinder und Jugendliche laufen hinter einem Huhn her, das rennend und flatternd zu flüchten versucht. Vergebens. In eine Ecke getrieben, wird es eingefangen. Ein junger Mann packt das flügelschlagende Federvieh.

Tim und Sven wenden sich rasch ab.

Mittlerweile hat sich das Dorf immer mehr gefüllt. Der Besuch scheint sich herumgesprochen zu haben. Die Frauen setzen sich in einen großen Kreis und breiten den Inhalt ihrer Beutel vor sich auf Decken aus.

»Sie haben im Laufe der Zeit gelernt, Schmuck nicht nur für den eigenen Bedarf, sondern auch für Touristen herzustellen«, sagt Josua, der sich mit Bernd wieder zu den Jungen gesellt hat.

Bald herrscht eine lebhafte Basaratmosphäre.

Bernd, die Jungen, aber auch Josua, stehen innerhalb des Kreises und versuchen sich einen Überblick über das Warenangebot zu verschaffen, was allerdings kein leichtes Unterfangen darstellt. Schauen sie sich nämlich einen Ring, eine Kette, ein Halsband, ein Himbapüppchen, eine kleine Kalebasse oder ein sonstiges Stück genauer an, recken sich ihnen sofort die Arme der Nachbarinnen entgegen, um ihre entsprechenden Artikel ebenfalls anzupreisen.

Als besonders *riskant* erweist sich Tims Interesse für Armbänder und Armreifen. Denn kaum hat er ein Armband näher in Augenschein genommen, ist sein Handgelenk unter einer Vielzahl von Armbändern verschwunden, die ihm in Windeseile von allen Seiten übergestreift werden. Sich von dieser schmucken Pracht zu befreien, ist eine durchaus langwierige Angelegenheit.

Am Ende der Verkaufsveranstaltung haben sie alle nicht nur das ein oder andere Teil gekauft, sondern als Zusatzgeschenk auch rote Farbe an Händen, Armen, Beinen und Kleidung.

»Spurlos geht der Kontakt mit Himba-Frauen nicht an einem vorbei«, amüsiert sich Josua und muss über die aussichtslosen Versuche der Jungen, die Farbe wegzuwischen, lachen.

Abschließend erwartet sie noch eine Tanzvorführung.

Die Frauen stehen in einem Halbkreis und bewegen sich unter rhythmischem Klatschen und Rufen. Jeweils eine von ihnen tanzt buchstäblich aus der Reihe und bewegt sich als Solistin einige Sekunden vor den anderen in wirbelnden Pirouetten, stampft mit den Füßen, macht hüpfende Bewegungen und rudert mit ausgestreckten Armen, bevor sie sich wieder einreiht und eine andere

Frau ihren Part übernimmt. Auch die Herero-Frau betätigt sich solistisch. Selbst das Dorfoberhaupt lässt sich dazu hinreißen, in den Kreis zu springen und eine kurze Tanzeinlage zu geben, zieht sich aber anschließend wieder an einen ruhigen Platz zurück.

Etwas abseits haben auch die jungen Leute Aufstellung genommen und eine zweite Tanzbühne eröffnet. Hier machen sie den Frauen gekonnt Konkurrenz. Die Blicke der Freunde wandern zwischen den Frauen und der Dorfjugend hin und her.

»Hoffentlich müssen wir nicht auch noch tanzen«, äußert Tim eine Befürchtung, die Sven ebenfalls hegt.

Aber dazu werden sie zum Glück nicht aufgefordert.

Als das Tanzen beendet ist, zerstreuen sich die Frauen wieder. Die jungen Mütter schnallen sich ihre kleinen Kinder auf den Rücken, es herrscht Aufbruchstimmung.

Auch für die Besucher wird es nun Zeit zu gehen.

Bernd und Josua überreichen den Himba zum Abschied ein paar Säcke Maismehl und Zucker, bevor sie in den Jeep klettern. Bernd schaut sich suchend um. Dann entdeckt er Sven und Tim. Die beiden stehen in einer Traube von Himbakindern. Die wollen die weißen Jungen noch zum Bleiben bewegen, fassen sie immer wieder an und erwarten wohl auch noch ein paar Süßigkeiten.

Auf der Rückfahrt zur Lodge fragt Bernd die Jungen, wie es ihnen gefallen hat.

»Super«, antworten die wie aus einem Mund.

»Selbstverständlich kann ein ungefähr zweistündiger Besuch eines Himba-Dorfes nicht dazu führen, dass ihr seine Bewohner wirklich kennen- und verstehen lernt«, sagt Bernd. »Wenn er aber dazu beigetragen hat, euch die im Wortsinn natürliche Lebensweise dieses Volkes näher zu bringen, wäre schon viel erreicht.«

Ein Nachmittag in Opuwo

Der Nachmittag steht den Jungen zur freien Verfügung. Bernd stellt ihnen anheim, am oder auch im Pool zu entspannen oder sich mit ihm zu Fuß auf den Weg nach Opuwo zu machen. Zu seiner Überraschung entscheiden sich die beiden dazu, mitzukommen. So gehen sie zu dritt den Berg hinunter.

Tim bleibt vor einem der zur Linken wachsenden niedrigen Bäume stehen.

»Schaut mal, die Blätter sehen ja gei... sehr interessant aus, fast wie Schmetterlinge.«

»Das ist ein Mopanebaum«, erklärt Bernd. »In der Mittagshitze falten sich seine Blätter zusammen. Auf diese Weise bietet er der Sonne wenig Verdunstungsfläche und schützt sich so vor dem Austrocknen.«

Die Jungen heben einige abgefallene Blätter auf, um sie genau zu studieren.

»Im Zusammenhang mit diesem Baum ist noch erwähnenswert, dass seine Blätter von den Raupen der Mopane-Schmetterlinge, den Mopanewürmern, gefressen werden. Die Mopanewürmer gelten bei der schwarzen Bevölkerung als Delikatesse, da sie einen sehr hohen Proteingehalt haben. Mit 65 % liegt er höher als bei Rind oder Huhn. Bereits bei der Vorstellung, die Würmer zu essen, vergeht den meisten einheimischen Weißen und Touristen der Appetit.«

Auch Sven und Tim schütteln sich bei dem Gedanken.

Unten im Ort angekommen, schlendern sie zunächst über den Markt, wobei Sven und Tim ein leichtes Unbehagen nicht völlig verdrängen können. Dieser Markt ist nämlich kein Markt für Touristen, sondern für Einheimische. Dementsprechend sind die Jungen und Bernd die einzigen Weißen weit und breit, nicht nur hier auf dem Markt, sondern in ganz Opuwo. Aber gerade das macht auch den Reiz aus.

Mit einer Gruppe Herero-Männer kommen sie ins Gespräch. Das heißt, Bernd redet, während die Jungen schweigend daneben stehen und der englischsprachigen Unterhaltung zu folgen versuchen.

Plötzlich sind sie bei der kolonialen Vergangenheit des ehemaligen Deutsch-Südwestafrika angelangt; dem Aufstand der Nama und Herero gegen die Besatzungsmacht und dem blutigen Gemetzel der deutschen *Schutztruppen* an den Herero, in dessen Folge etwa drei Viertel dieses Volkes ihr Leben verloren haben.

Bernd fragt seine Gesprächspartner, ob sie noch immer Groll gegen die Deutschen hegen würden. Dabei weist er auf Sven und Tim und sagt, die kämen aus Deutschland und seien hier zu Besuch. Die Herero schütteln die Köpfe. Nein, sie hätten den Deutschen verziehen.

Als sie den Markt verlassen, kommt Bernd noch einmal auf diese Aussage der Herero-Männer zurück:

»Finde ich sehr beachtlich. Ein Stück Völkerverständigung im Kleinen.«

Sie gehen die Hauptstraße entlang. Der Ort selbst macht aus der Nähe einen eher ungepflegten Eindruck.

An einem flachen, garagenähnlichen Gebäude steht unter andenrem *BEAUTY SALON*, was Tim mit dem Hinweis quittiert, dass es mit der Schönheit des Salons nicht weit her sein könne, wenn man sein Äußeres zum Maßstab nehme. Der Wellblechanbau ist ein *BARBER SHOP*.

»Hier möchte ich mir allerdings nicht die Haare schneiden lassen«, stellt Sven fest.

»Musst du natürlich auch nicht«, erwidert Bernd, »obwohl man von den Fassaden nicht unbedingt auf die Qualität der Dienstleistungen schließen darf.«

Ein anderes, ebenfalls im schlichten Garagenlook gehaltenes Gebäude ist bunt bemalt und mit der Aufschrift SWAPO PARTY REGIONAL OFFICE (Regionalbüro der SWAPO-Partei) versehen.

Auch ein Grabsteingeschäft gibt es.

Mehr beeindruckt als von dem Ort sind Sven und Tim von den Menschen. Herero-Frauen in ihrer bunten viktorianischen Kleidung prägen das Stadtbild ebenso wie traditionell gekleidete, also letztlich halbnackte, Himba-Frauen. Auch Himba-Männer in ihren Hirtentrachten sehen sie hier. Unter einem Baum rastet eine ganze Familie. Ihre Einkäufe tragen die Frauen zum Teil in Plastiktüten, zum Teil auf dem Kopf. In einer kleinen Getränkebar kauft Bernd für jeden eine Dose Cola. Ein junges Himba-Mädchen kommt auf sie zu und möchte Geld. Angeblich hat sie Hunger. Bernd gibt ihr einen Schein.

»Meinst du, die hatte wirklich Hunger?«, will Sven wissen, als das Mädchen gegangen ist.

»Schwer zu sagen«, antwortet Bernd. »Möglicherweise wollte sie das Geld auch für Alkohol. Der Kontakt der Himba mit der westlichen Zivilisation in Gestalt von Schänken und Diskotheken endet hier häufig in Alkoholismus. Dies ist anscheinend der Preis, den ein Naturvolk auf der Schwelle zwischen Tradition und moderner Zivilisation zahlen muss.«

Jeder in seine eigenen Gedanken versunken, gehen sie schließlich zurück zur Lodge, in der sie ein zweites und letztes Mal übernachten werden. Im Pförtnerhäuschen am Eingang sitzt ein Himba-Mann, der ebenso westlich gekleidet ist wie Brigitte, die Himba-Frau aus dem Souvenir-Shop.

»Diese beiden scheinen bereits angekommen zu sein in der modernen Welt«, bemerkt Bernd.

»Ebenso wie Josua«, ergänzt Tim.

Bernd nickt: »Der auch.«

Alle drei haben beim Abendessen einen riesigen Appetit.

Irgendwann fasst Tim sich ein Herz und fragt:

»Bernd, du hast doch heute Vormittag dem Himbahäuptling, diesem chief, gesagt, du hättest eine Frau. Bist du also verheiratet?«

Bernd ist sichtlich überrascht.

»Ich habe eine langjährige Freundin, eine Lebensgefährtin. Ob wir einmal heiraten werden, wissen wir noch nicht. Wie kommst du darauf?«

Statt einer Antwort stellt Tim eine weitere Frage:

»Hast du dich mit ihr früher häufiger auf der Jetty getroffen?«

Nun ist Bernd völlig perplex.

»Als wir uns in Swakopmund kennengelernt haben, gehörte die Jetty tatsächlich zu unseren regelmäßigen Treffpunkten. – Ich verstehe noch immer nicht, worauf du hinauswillst.«

Erneut bleibt Bernds Frage unbeantwortet. Stattdessen stellt Tim noch eine Frage:

»Heißt deine Freundin zufällig Margarete?«

»Spielst du Detektiv und verfolgst gerade eine heiße Spur?« Bernd scheint amüsiert, antwortet aber ernsthaft: »Nein, sie heißt zufällig Claudia.«

Tim wird mit einem Mal sehr einsilbig. Eigentlich hätte er noch eine abschließende Frage im Köcher gehabt, nämlich die, ob ihr gemeinsames Lieblingslied ›Sitting on the dock of the bay‹ sei. Aber auf diese Frage verzichtet er lieber. Er gähnt demonstrativ und sagt: »Ich bin ganz schön müde.«

»Na gut, Sherlock Holmes«, grinst Bernd gutmütig, »dann wollen wir den heutigen Tag beschließen und uns in unsere Bungalows zurückziehen.«

Als die Jungen im Bett liegen, lästert Sven:

»Hello, Mister Sherlock Holmes. Please, can you help me to find...«

»Ach, halt die Klappe«, unterbricht ihn Tim verärgert. »So ganz daneben habe ich ja nicht gelegen.«

Das muss Sven allerdings neidlos anerkennen. Und außerdem war der Tag viel zu ereignisreich und interessant, um ihn mit schlechter Laune ausklingen zu lassen. Deshalb sagt er versöhnlich:

»War doch ein toller Tag heute bei den Himba, findest du nicht auch?«

Tim nimmt das Versöhnungsangebot dankbar an.

»Dieser Tag heute war einfach megageil.«

Und ist kurz darauf eingeschlafen.

In der 4-O-Region

Am nächsten Tag geht es in die 4-O-Region.

»So lautet die heutige offizielle Bezeichnung des Ovambolandes«, erläutert Bernd. »Die Ovambo, die mit rund 900.000 Menschen knapp 50 % der namibischen Gesamtbevölkerung stellen, sind die zahlenmäßig bei weitem stärkste Volksgruppe Namibias. In dieser Gegend hat auch die SWAPO in ihrem Unabhängigkeitskampf gegen Südafrika ihre größte Unterstützung gehabt. Die Vorgängerin der SWAPO, die OPO, ist eine reine Ovambo-Partei gewesen. Bis zur Unabhängigkeit war das Ovamboland der Hauptschauplatz der Auseinandersetzungen zwischen dem bewaffneten Arm der SWAPO und der südafrikanischen Armee.«

»Davon hast du uns bereits in Schloss Duwisib erzählt«, erinnert sich Tim.

»Genau«, bestätigt Sven.

»Dann will ich mich nicht wiederholen«, schmunzelt Bernd, einmal mehr verblüfft darüber, wie viel die Jungen von seinen bisherigen Ausführungen auf dieser Rundreise behalten haben.

»Aber eine Ergänzung gestattet mir: Im Mai 1978 überfielen südafrikanische Truppen das Flüchtlingslager Cassinga, rund 250 Kilometer nördlich der namibisch – angolanischen Grenze. Etwa 600 Menschen, zumeist Frauen und Kinder, starben bei diesem Angriff. Die DDR nahm zunächst 20 Verletzte auf, in den folgenden Jahren weitere namibische Kinder. Diese sollten im sozialistischen Teil Deutschlands zur künftigen Elite eines unabhängigen Namibia herangezogen werden. Doch nach dem Fall der Mauer waren diese afrikanischen DDR-Kinder in Deutschland nicht mehr erwünscht und wurden buchstäblich über Nacht nach Namibia zurückgeflogen – in eine ihnen völlig fremde Heimat. – Von einem dieser DDR-Kinder aus Namibia, Lucia Engombe, die im Ovamboland geboren wurde, gibt es ein lesenswertes Buch: *Kind Nr. 95 –*

Meine deutsch-afrikanische Odyssee. Ein anderes ebenfalls sehr empfehlenswertes Buch von einem Mädchen, das bei dem Überfall im Mutterleib schwer verletzt und in Deutschland geboren wurde, ist von Stefanie-Lahya Aukongo und heißt: *Kalungas Kind – Wie die DDR mein Leben rettete.*«

»Es scheint also immer wieder Verbindungslinien zwischen Namibia und Deutschland gegeben zu haben«, sinniert ein nachdenklicher Sven.

Die lieblich anmutende Landschaft, durch die sie nun fahren, eine scheinbar endlose Ebene, unterscheidet sich gewaltig von dem trockenen Land, das sie bisher kennengelernt haben. Sie ist flach und grün, durchzogen von unzähligen Wasserläufen. Teiche und Seen, auf denen Seerosen schwimmen, glitzern in der Sonne. Esel und Pferde stehen bis zum Bauch im Wasser. Silberreiher stolzieren umher. Fischer werfen ihre Netze aus oder machen mit Fischkörben ihren Fang.

»Wieso gibt es hier so viel Wasser?«, fragt Tim.

»Die Ebene wird von vielen flach in den Boden eingeschnittenen Senken durchzogen, die *oshanas* genannt werden«, erklärt Bernd. »Diese füllen sich in der Regenzeit mit Wasser. Außerdem erhalten sie Zufluss von Angola, wo es weitaus häufiger Niederschläge gibt. Diese Region ist Überschwemmungsgebiet des südangolanischen Flusses Kuvelai, der vom Regen im angolanischen Hochland gespeist wird. In seltenen Fällen schafft es das Wasser sogar bis in die Etosha-Pfanne. – Man kann sich kaum vorstellen, dass das Ovamboland noch vor gut fünfzig Jahren dicht bewaldet war.«

Links und rechts der schnurgeraden Teerstraße erstrecken sich Getreide-, Mais- und Hirsefelder. Hin und wieder ragen spitz zulaufende, strohgedeckte Dächer aus den Feldern. Sie gehören zu Hütten, die auf dem höhergelegenen Gelände zwischen den oshanas errichtet sind.

»Das sind traditionelle Gehöfte«, sagt Bernd. »Diese werden *homestead* genannt. Dabei handelt es sich um die Wohnstätte einer einzigen, doch zumeist sehr großen Familie. Männer und Frauen leben darin in getrennten Bereichen.«

»Wenn sich meine Eltern mal so richtig zoffen, wünschte ich mir auch, dass sie in getrennten Bereichen lebten«, seufzt Tim.

Sven kann ihm da nur beipflichten.

»Gleich werden wir so ein homestead besichtigen«, sagt Bernd, »und zwar die frühere Wohnstätte des Königs Josia Shikongo Taapopi.«

»Eine echte Königsresidenz?«, fragt Tim etwas ungläubig.

»Zumindest eine ehemalige Königsresidenz«, erwidert Bernd. »Mittlerweile wohnt der König in einem Steinhaus, das aber in unmittelbarer Nähe liegt.«

»Wow. Werden wir den König denn auch sehen?«, möchte Sven wissen.

Bernd zuckt die Schultern. »Das kann ich nicht versprechen. Aber ausgeschlossen ist es nicht.«

Tsandi Royal Homestead

Nachdem Bernd den Eintritt bezahlt hat, werden sie von einer jungen Ovambo-Frau, die sich als Hilda vorstellt, zunächst auf einen großen Platz geführt. Dort erzählt sie ihnen einiges über den König und seine Familie. Da Hilda ausschließlich englisch spricht, fungiert Bernd für die Jungen als Dolmetscher, soweit das nötig ist. So erfahren sie, dass König Taapopi König der Kwaluudhi ist, einem kleineren der insgesamt acht in der 4-O-Region lebenden Ovambo-Stämme. Er ist das Oberhaupt von rund 80.000 Untertanen. Er besitzt zwar keine staatliche Macht, entscheidet jedoch in sämtlichen Stammesangelegenheiten.

»Hierzu zählen Familienzwistigkeiten ebenso wie Streitigkeiten um Vieh oder Weiderechte. Die Ovambo unterscheiden nicht zwischen Zivil- und Strafsachen. Deshalb wird die Strafe immer so festgesetzt, dass der Kläger entschädigt und die Gerichtskosten bezahlt werden.«

Anschließend führt Hilda Bernd und die Jungen durch die sehr weitläufige Anlage. Die hat einen nahezu runden Grundriss und besteht aus vielen Hütten unterschiedlicher Größe, die aus Holz gebaut sind. Umgeben sind die runden Hütten von aus Baumstämmen und Ästen errichteten Palisaden.

Hilda geht mit ihnen von einer Hütte zur nächsten und erklärt ihnen deren Bedeutung und Funktion. Sie lernen auf diese Weise den Wohnraum und die Besucherräume des Königs kennen, Wohn- und Schlafräume der Frauen, Versammlungsplätze, den Kornspeicher mit großen, auf Stelzen stehenden Kornkörben, den Rinderkraal und vieles mehr.

Für Sven und Tim wird dieser Rundgang jedoch bald ziemlich ermüdend. Sie bleiben ein Stück zurück, stromern auf eigene Faust durch die Residenz und betrachten Rinder- und Antilopenschädel, die zwischen den Palisaden hängen und auf dem Boden liegen.

Als sie Hilda und Bernd einholen wollen, verlaufen sie sich in den labyrinthischen Gängen des Gehöftes. Erst nach einer ganzen Weile haben sie die beiden wiedergefunden. Sie stehen auf dem zentralen Versammlungsplatz. Sven und Tim gesellen sich ein wenig schuldbewusst dazu, doch Bernd grinst nur und sagt: »Für euch ist es nicht so interessant, oder?«

»Ein wenig eintönig«, antwortet Sven, »schließlich unterscheiden sich die Hütten kaum voneinander.«

In diesem Augenblick betritt eine Frau den Platz. Sie trägt ein lachsfarbenes Kleid mit einem togaähnlichen Überwurf; dazu offene Sandalen. Ihren ebenfalls lachsfarbenen Hut zieren vier

Stoffrosetten auf jeder Seite. »Das ist die Königin Lisa Nandjala Taapopi«, sagt Hilda.

Die Königin wechselt einige Worte mit Hilda. Dann begibt sie sich zu dem Palisadenzaun.

»Sie ist bereit, Sie zu begrüßen«, sagt Hilda.

»Ein Empfang bei einer echten Königin, ist das nichts?«, murmelt Tim seinem Freund zu.

Die Königin stellt sich, ebenfalls in englischer Sprache, kurz vor und heißt ihre Besucher willkommen. Dann blickt sie die drei lächelnd an.

»Sie dürfen sie jetzt einzeln persönlich begrüßen«, erläutert Hilda. »Während Frauen die Königin mit einem Knicks begrüßen, schickt es sich für Männer, sich ihr auf den Knien zu nähern.«

Sven und Tim sehen sich mit einer Mischung aus Belustigung und Entsetzen an.

»Warum sollen wir uns vor dieser schwarzen Frau auf die Knie werfen?«, flüstert Tim Sven ins Ohr. »Sie ist schließlich nicht unsere Königin.«

Doch da hat Bernd bereits einige Schritte in Richtung der Königin gemacht, lässt sich auf die Knie sinken und legt die letzten Meter in dieser unterwürfigen Haltung zurück. Als er direkt vor der Königin kniet, bedeutet diese ihm, aufzustehen. Bernd erhebt sich und legt zur Begrüßung beide Hände um ihren Unterarm. Dann unterhält sich die Königin ein paar Sätze lang mit ihm.

Als Bernd zur Seite getreten ist und sich neben die Königin gestellt hat, schaut die die Jungen freundlich an.

Bernd nickt ihnen aufmunternd zu.

»O.k., dann müssen wir wohl auch«, sagt Tim. »Ehre, wem Ehre gebührt.«

Sven beobachtet seinen Freund, wie der die letzten Meter bis zur Königin ebenfalls auf den Knien rutscht. Seine Ohren sind feuerrot, ein deutliches Zeichen dafür, wie peinlich ihm die Situation ist.

Nachdem Tim dann auch einige Worte mit der Königin gewechselt hat, sogar ohne dass Bernd als Dolmetscher eingreifen musste, gibt sich Sven ebenfalls einen Ruck und tut es seinem Freund gleich. Aus den Augenwinkeln sieht er Tim grinsen. Das deutet er aber weniger als Häme, sondern eher als Erleichterung, das Begrüßungsritual hinter sich zu haben. Auch er ist froh, als er wieder auf seinen Füßen steht. Die Königin fragt ihn, ob es ihm in Namibia gefalle. Das bejaht Sven wahrheitsgemäß und tritt rasch neben seinen Freund.

Am Ende ihrer Stippvisite bittet die Königin noch um eine Spende für irgendein soziales Projekt. Dieser Bitte kommt Bernd in großzügiger Weise nach.

Auf der Weiterfahrt nimmt Bernd eine Ovambo-Frau, Elisabeth, die in der königlichen Residenz als Touristenführerin arbeitet, ein Stück weit mit. Sie ist eine lebhafte junge Frau und erzählt, dass sie jeden Tag zweieinhalb Stunden zu ihrer Arbeitsstelle hin und wieder zurück laufen müsse. Nach wenigen Kilometern bittet sie Bernd anzuhalten. Sie bedankt sich überschwänglich für die Mitfahrgelegenheit. Dann steigt sie aus und beschreitet einen schmalen Weg, der von der Straße direkt zwischen den Feldern hindurchführt. Fröhlich winkend dreht sie sich noch einmal um. Bernd und die Jungen winken zurück. Wenige Augenblicke später ist sie ihren Blicken entschwunden.

»Wahnsinn, jeden Tag zu Fuß fünf Stunden unterwegs zu sein, um zur Arbeit und wieder nach Hause zu kommen«, äußert Tim ehrliches Mitgefühl.

»Was würdest du sagen, wenn du jeden Tag so viele Stunden für deinen Schulweg brauchen würdest?«, fragt Bernd.

»Darauf hätte ich nun wirklich keinen Bock«, entgegnet Tim. »Kann man aber auch nicht miteinander vergleichen. In der Schule verdiene ich schließlich kein Geld.«

Bernd muss über diese pfiffige Antwort schmunzeln.

»Wäre denn ein Fahrrad für Elisabeth nicht schon eine Hilfe?«, wirft Sven ein.

»Schon«, antwortet Bernd. »Doch das muss man sich erst einmal leisten können.«

Und dann kommt er nochmals auf das Begrüßungszeremoniell bei der Königin zurück.

»Ich hatte das Gefühl, es war euch nicht ganz wohl dabei.«

»Stimmt«, räumt Sven ohne Umschweife ein. »Die Sache mit dem Kniefall hätte ich mir gern erspart.«

»Ich auch«, meldet sich Tim zu Wort. »Das war doch eine ziemlich peinliche Angelegenheit.«

»Kann, muss man aber nicht so sehen«, erwidert Bernd. »Auch so etwas gehört zur Akzeptanz einer anderen Kultur, ihrer Regeln und Bräuche. Das ist ein Zeichen von Respekt und Wertschätzung. Und dazu sollte man zumindest dann bereit sein, wenn man Gast in einem fremden Kulturkreis ist. Selbst wenn man einmal«, und jetzt grinst er breit, »über seinen eigenen Schatten springen oder auf die Knie fallen muss. – Ein bisschen Demut kann ja nicht schaden«, fügt er augenzwinkernd hinzu.

Auf dem Weg nach Oshakati

Außer den traditionellen Gehöften sehen sie noch Dörfer und Siedlungen mit rechteckigen Häusern aus Pfählen, Wellblech und anderen Materialien.

Nun lernen sie auch Makalanipalmen kennen, aus deren Früchten die kleinen Kunstwerke gemacht worden sind, die sie in Windhoek gekauft haben.

Außerdem sehen sie mächtige Baumgestalten, die ihre blattlosen Äste wie Wurzelwerk in die Luft strecken.

»Affenbrotbäume, Baobabs«, sagt Bernd und hält an einem imposanten Exemplar an.

Sven und Tim springen aus dem Auto und laufen auf den Baum zu. Sie stellen sich mit ausgebreiteten Armen an den Stamm und versuchen, ihn zu umfassen.

»Du musst noch dazukommen!«, ruft Tim Bernd zu.

Doch auch mit Bernd zusammen können sie lediglich einen Bruchteil des Baobabs mit ihren Armen umspannen.

»Kein Wunder«, lacht Bernd, »so ein Affenbrotbaum erreicht locker einen Stammumfang von 30 Metern und mehr.«

»So weit reicht unsere gemeinsame Spannweite nicht«, stellt Tim resignierend fest, »selbst wenn wir uns die Arme ausreißen würden.«

»Also lasst uns weiterfahren. Wir werden noch einen anderen dieser Giganten nicht nur von außen betrachten, sondern sogar von innen besichtigen können«, macht Bernd die Jungen nun mächtig gespannt.

In einem kleinen Ort namens Outapi steht der *Ombalantu Baobab*. Das Gelände ist eingefriedet. An der Kasse sitzt eine hübsche Ovambo-Frau mit modischer Brille und schickem Hosenanzug.

Nachdem Bernd bezahlt hat, schließen sie sich einer Gruppe bereits wartender Touristen an. Dem Hinweisschild am Kassenhäuschen entnehmen sie, dass in zehn Minuten die nächste Führung beginnt.

Pünktlich kommt die Frau aus dem Kassenhäuschen und betritt den Stamm des riesigen Baumes durch den rechteckigen Eingang.

Die Gruppe folgt ihr und lässt sich auf langen hölzernen Bankreihen im Innern nieder.

Dann erzählt die Dame von der bewegten Vergangenheit des Baumes. Er wurde vor vielen hundert Jahren ausgehöhlt und diente bereits als Festung, Post, Kirche, Gefängnis, Versteck eines Königs und als Kapelle der südafrikanischen Armee.

In Oshakati

Als sich die Asphaltstraße von zwei auf insgesamt vier Spuren verbreitert, haben sie ihr Tagesziel erreicht: Oshakati. Links und rechts der Straße herrscht reges Treiben, auch auf der Fahrbahn sind viele Autos unterwegs.

»Hier ist ja der Bär los!«, ruft Tim überrascht.

»Das sieht nach langer Zeit mal wieder wie eine richtige Stadt aus – im Gegensatz zu Opuwo«, pflichtet Sven bei.

»Hier könnt ihr in der Tat das quirlige, bunte Afrika erleben«, bekräftigt Bernd.

Nachdem sie sich auf den Zimmern ihrer Unterkunft etwas ausgeruht und erfrischt haben, gehen sie am späten Nachmittag die Hauptstraße, auf der sie gekommen sind, ein Stück zurück bis zu dem Markt, der den Jungen bereits vom Auto aus aufgefallen war.

»Hier sollten wir aber besser zusammen bleiben«, mahnt Bernd.

So schlendern sie zu dritt an den Ständen entlang. Es gibt Kleidung aus farbenfrohen Stoffen, Schuhe und andere Lederwaren, Früchte, lebendes Geflügel, handgearbeitete bunte Decken, geknüpfte Armbänder, Fleisch, das allerdings von Fliegen umschwirrt wird, und eine Menge anderer Dinge.

Als sie an einem Stand verweilen, an dem kunstvolle Flechtarbeiten aus den Blättern der Makalanipalme, wie Körbe, Teller, Untersetzer und Schalen, verkauft werden, stößt Tim Sven in die Seite und deutet mit einer leichten Kopfbewegung auf den Stand gegenüber. Dort gibt es Töpferkunst, nämlich handgeformte Krüge und Töpfe von braungelber Farbe. Eine afrikanische Familie hockt auf Plastikstühlen hinter der Verkaufstheke.

»Sieh mal, die fotografieren uns.«

Tatsächlich hält der Mann einen kleinen Fotoapparat in der Hand und macht Aufnahmen von ihnen. Als er sieht, dass es die Jungen bemerkt haben, grinst er ein wenig verlegen.

Nun ist auch Bernd aufmerksam geworden. Er wendet sich an den Mann und unterhält sich auf Englisch mit ihm. Der Mann ruft dem neben ihm sitzenden, etwa fünfjährigen Mädchen etwas zu. Daraufhin kommt die Kleine mit ihrer Mutter um die Verkaufstheke herum und stellt sich neben die Jungen und Bernd. Der sagt zur Erklärung: »Sie möchten gerne mit uns fotografiert werden. Ihr habt doch keine Einwände, oder?«

Nachdem sie den Markt verlassen haben und auf dem Weg zu ihrer Unterkunft sind, kommt Sven noch einmal auf die Szene zurück.

»Ich denke, man darf keine Leute ohne ihr Einverständnis fotografieren.«

»Das stimmt«, antwortet Bernd. »Aber nachdem der Mann zunächst heimlich fotografiert hat, hat er ja nach der *Entdeckung* durch euch Detektive immerhin unsere Erlaubnis zu dem offiziellen Gruppenbild eingeholt. Das finde ich in Ordnung.«

»Mich hat es überhaupt nicht gestört, dass er uns fotografiert hat«, äußert Tim, »ich war nur überrascht.«

Bernd lacht. »Hier seid ihr eben die Exoten.«

»Das habe ich schon so empfunden, als wir durch Opuwo gegangen sind«, sagt Sven. »Übrigens – auch ich habe nichts gegen die Aufnahmen gehabt.«

»Ist doch toll, wenn wir in Afrika begehrte Models sind«, meldet sich Tim noch einmal zu Wort.

»Nun bleib mal auf dem Teppich, junger Mann«, grinst Bernd gut gelaunt.

Das Leben der San –
Besuch der Ombili-Stiftung

Beim Frühstück sind die Jungen schon mächtig aufgeregt. Heute geht es endlich zum Etosha-Nationalpark. Darauf freuen sie sich seit Tagen. Zwar haben sie während der bisherigen Reise bereits eine ganze Menge Tiere gesehen, doch der Höhepunkt der Tierbeobachtung soll Etosha werden. Bernd hat ihnen durch etliche Anekdoten über seine früheren Pirschfahrten dort den Mund ordentlich wässrig gemacht.

Zuvor machen sie aber noch einen Abstecher zur Ombili-Stiftung. Sie werden von einer weißen Dame mit Tee und Gebäck begrüßt. Frau Mais-Rische, so ihr Name, ist deutschstämmig und hat das Projekt 1989 gemeinsam mit ihrem verstorbenen Mann gegründet.
Sie erzählt:
»Das Wort Ombili bedeutet Frieden. Anliegen der Stiftung ist es, wenigstens einem kleinen Teil der San den Weg ins 21. Jahrhundert zu erleichtern. San-Kinder besuchen hier Kindergarten und Schule, außerdem gibt es ein Gemeinschaftszentrum, eine Werkstatt und schließlich Wohnungen für die Lehrer und Mitarbeiter. Einige Kinder von den umliegenden Farmen leben im Schülerheim, die anderen bei ihren Eltern im Ombili-Dorf. Heute wohnen hier ungefähr 400 San jeden Alters. Auf einer rund 10.000 ha großen Fläche sammeln sie Naturprodukte für ihre Handarbeiten, werden in Feldbau und Viehzucht unterrichtet und können bestimmte Berufe erlernen. Finanziert wird das Projekt durch Spenden.«
Danach steht eine naturkundliche Führung auf dem Programm.

Ein San, Johannes, erläutert ihnen zunächst das traditionelle Leben der Buschleute, das sie als nomadische Wildbeuter führten. Frau Mais-Rische übersetzt:

»Sie zogen in kleinen Familienverbänden durch das Veld und ernährten sich von gesammelten Früchten und Wurzeln. Während die Frauen essbare Pflanzen und Insekten sammelten, gingen die Männer auf die Jagd. Sie fingen das Wild entweder in Fallen oder erlegten es mit Pfeil und Bogen. Es gab auch die Form der Hetzjagd, bei der ein Tier verfolgt und bis zur Erschöpfung gehetzt wird.«

Dann erläutert Johannes ihnen den Nutzen und die Heilkraft verschiedener Pflanzen, zeigt ihnen Beeren, Termitenpilze, Knollen und Wurzeln.

Besonders spannend finden es die Jungen, als Johannes ihnen den Aufbau und das Funktionieren unterschiedlicher Arten von Fallen demonstriert. An dem dünnen biegsamen Zweig eines Busches befestigt er eine Schnur, die zu einer Schlinge geknotet ist. Diese verankert er sorgfältig im Boden und bedeckt sie mit Sand und Blättern. Der Zweig steht nun unter Spannung und beschreibt einen runden Bogen.

Dann winkt Johannes Tim zu sich. Der hockt sich neben Johannes. Johannes drückt Tims linke Hand am Handgelenk etwas nach unten und führt sie über die Stelle, an der die Schlinge liegt. Plötzlich schnellt der Zweig nach oben, weil Tim mit seiner Hand in die Schlinge geraten ist und den Mechanismus ausgelöst hat. Tims Linke steckt in der Schlinge. Tim selbst hat sich mächtig erschrocken.

»Wenn du ein kleines Tier wärst, hingst du nun mit einem Fuß in der Falle«, lacht Bernd.

Eine ebenso einfache, aber offensichtlich auch effektive Variante: Einen großen, flachen, schweren Stein hebt Johannes an einer Seite an und stützt ihn mit Hilfe einer in den Boden gesteckten niedrigen Astgabel, durch die er einen Ast als Hebel unter den Stein führt. Der Boden unter dem Stein ist zu einer flachen Mulde vertieft. Dieses Mal muss keiner der Jungen als Statist herhalten. Sie können sich auch so vorstellen, was bei Berührung des Astes durch ein Beutetier passiert.

Auch den Umgang mit Pfeil und Bogen und das Präparieren der Pfeile mit Schlangen- oder Pflanzengift stellt Johannes ihnen vor. Die Jungen erfahren, dass der Bogen meistens aus den Zweigen des Rosinenbusches besteht, während die Bogensehnen aus dicken Tiersehnen hergestellt werden. Die Pfeile werden in Köchern aus der Wurzelrinde des Dornbaumes aufbewahrt. Johannes berichtet, dass die Pfeile viel zu leicht seien, um Großwild tödlich zu verletzen. Deshalb werde die angeschossene Beute so lange verfolgt, bis das Gift zu wirken beginnt. Schließlich werde das verwundete Tier mit Keule oder Speer getötet.

Die erlegten Tiere dienen nicht nur als Nahrungsquelle, sondern auch zur Herstellung unterschiedlichster Alltagsgegenstände. Aus den Fellen machen die San Beutel für Nahrungsmittel oder Tabak, Lendenschurze, Sandalen und Decken. Die Sehnen benutzen sie nicht nur zum Anfertigen der Bogensehnen, sondern auch als Nähgarn. Aus den Knochen werden teilweise die Pfeilspitzen hergestellt, aber auch Messer und Pfeifen. Hörner werden zu Löffeln oder Flöten verarbeitet, der Magen großer Tiere zu Taschen, in denen das Blut aufgefangen oder Wasser getragen wird.

Mit leichtem Unbehagen hören die Jungen, dass die San alle vorhandenen Tiere ihres Lebensraumes essen, auch Insekten, Heuschrecken, Ameisen, Skorpione, Frösche, Eidechsen und Schlangen. Ausnahmen stellen nur zwei Tiere dar: Der Maulwurf, weil seine Winter-Vorratskammer voller Feldzwiebeln ist, die eine wertvolle Ergänzung auf dem Speiseplan der San sind, und die Hyäne, weil sie auch Aas und Leichen frisst.

Johannes zeigt ihnen außerdem, wie die San traditionell Feuer machen. Er dreht einen schmalen runden Stock zwischen seinen Handflächen auf einem anderen Stück Holz, das er mit dem Fuß auf den Boden klemmt, rasch hin und her, bis die hieraus entstehende Reibung die trockenen Gräser und Zweige ringsum entzündet.

Jetzt haben Sven und Tim eine ungefähre Vorstellung vom ursprünglichen Leben der San. Sie bedauern allerdings, dass Johannes mit einem Blaumann bekleidet ist und nicht lediglich mit einem Lendenschurz; so wirkt er eher wie ein Monteur und nicht wie ein durch die Savanne streifender Buschmann.

Ein Rundgang über das Farmgelände schließt sich nun an.

San-Kinder auf einem Spielplatz winken ihnen fröhlich, wenn auch etwas verschüchtert, zu. Sie haben eine hellbraune, fast ins Gelbliche gehende Hautfarbe, und ihre schwarzen Haare wachsen nicht gleichmäßig, sondern in einzelnen kleinen Büscheln. Auch die erwachsenen San, denen sie begegnen, sind durchgängig von zartem Körperbau und kleiner als die meisten anderen namibischen Menschen, die Sven und Tim bislang kennengelernt haben.

Sie besichtigen die Schule und werfen einen Blick in einen Klassenraum, in dem gerade Unterricht stattfindet. Hierbei beschleicht die Jungen jedoch ein zwiespältiges Gefühl, werden sie doch an ihre eigene Schule erinnert.

»Das muss ich jetzt eigentlich nicht haben«, murmelt Sven.

»Na ja, anderen beim Lernen zuzugucken, finde ich noch ganz erträglich«, gibt sich Tim diplomatisch.

Auf dem Hof der Gemeinschaftshalle bringt ihnen der Schulchor ein Ständchen. Dieser rhythmische Gesang hat für Sven und Tim etwas Fröhliches und Melancholisches zugleich. Ziemlich beeindruckt hören sie zu. Auch Bernd scheint ergriffen, wenn sie seinen Gesichtsausdruck richtig deuten.

In dem kleinen Souvenirshop, den sie sich zum Abschluss anschauen, gefallen den Jungen die hölzernen Mobiles besonders gut. Der aus Straußeneierschalen gefertigte Schmuck erregt ebenfalls ihre Aufmerksamkeit.

»Aus Straußeneiern machen die Buschleute nicht nur Omelette«, erläutert Bernd. »Die leeren Eierschalen dienen als Wasserbehälter und werden zur Schmuckherstellung verwendet.«

Auf der Weiterfahrt unterhalten sich Bernd und die Jungen noch lange über die San.

»Leben denn auch heutzutage noch viele Buschmänner als Jäger und Sammler?«, möchte Sven wissen.

»Nur noch eine kleine Minderheit«, antwortet Bernd. »Wie viele es genau sind, ist schwer zu sagen, doch dürfte ihre Zahl deutlich unter 10 Prozent liegen. Infolge des weitgehenden Verlustes ihres Lebensraumes haben sie auch ihre Kultur verloren. Dabei sind es sehr genügsame Menschen, die von und mit der Natur gelebt haben, ohne sie zu zerstören. Auch gejagt wurde nur so viel, wie zum Lebensunterhalt benötigt wurde. Nach erfolgreicher Jagd wurde die Beute mit allen Mitgliedern der Gruppe geteilt.«

»Ihnen ergeht es also ähnlich wie den Himba?«, fragt Tim.

»Man müsste es umgekehrt formulieren«, erwidert Bernd. »Den Himba könnte es in absehbarer Zeit ebenso ergehen wie den San. Alle Naturvölker, die ihrer Lebensgrundlage beraubt werden, verlieren auch einen Großteil ihres Lebenssinns. Nur ist dies bei den Himba bisher noch nicht der Fall, wie ihr im Kaokoveld selbst erfahren konntet.«

»Dann ist es gut, dass es solche Projekte wie die Ombili-Stiftung gibt«, bemerkt Sven.

»Im Grunde ja«, entgegnet Bernd. »Zumal die San in der Hierarchie der namibischen Völker ganz unten stehen. Früher sind sie sogar häufig auf eine Stufe mit Tieren gestellt worden. Aber wie fast alles im Leben ist auch diese Stiftung nicht unumstritten. Kritiker bemängeln, dass die dort lebenden San ein Stück weit entmündigt würden. Sie stellen außerdem die Frage, ob es sinnvoll sei, die San zur Sesshaftigkeit erziehen zu wollen. Fest steht indes, dass nur wenige Projekte so erfolgreich sind wie dieses.«

Sie fahren eine Weile schweigend weiter. Jeder hängt seinen eigenen Gedanken nach. Die Jungen versuchen, die vielen Informationen über die San zu ordnen und sich vorzustellen, wie sie in ihren Familienverbänden als Jäger und Sammler unterwegs waren und – zumindest einige von ihnen – immer noch sind.

»Die San«, bricht Bernd schließlich das Schweigen, »haben sich ihrer Umgebung außerordentlich gut angepasst. Ihre einfache Technologie und Bewaffnung machen sie durch scharfes Wahrnehmungsvermögen und Kenntnis ihres Lebensraums, die unter afrikanischen Völkern einmalig sind, mehr als wett. Wegen ihrer hervorragenden Fähigkeiten als Fährtenleser wurden die San von der südafrikanischen Armee als Späher und Spurensucher im Krieg gegen die SWAPO-Guerilla eingesetzt. – Übrigens haben früher auch auf dem Gebiet des heutigen Etosha-Nationalparks San gelebt, nämlich die Haikom. Nachdem die Deutschen den Park 1907 gegründet hatten, wurden die Haikom zunächst in ihren Lebensgewohnheiten eingeschränkt und 1954 vom südafrikanischen Regime aus ihrem Lebensraum verbannt. Das führte bei ihnen zum Verlust ihrer traditionellen Lebensweise. – Ein empfehlenswertes Buch, in dem spannend und kenntnisreich über die Lebensweise der San erzählt wird, ist der Roman *Die Erstgeborenen* des namibischen, deutschstämmigen Autors Giselher W.

Hoffmann. – Apropos Etosha-Nationalpark. Wie gerade erwähnt, wurde er bereits 1907 vom deutschen Gouverneur von Lindequist zu einem Naturschutzgebiet erklärt. Damals umfasste er eine fünfmal größere Fläche als der heutige Park. Aber auch die heutige Größe kann sich durchaus sehen lassen. Mit 22.270 Quadratkilometern ist das Areal immerhin halb so groß wie die Schweiz. Allerdings ist von dieser Fläche gerade einmal ein Fünftel für Besucher erschlossen.«

»Ist es noch weit bis zum Etosha-Park?«, fragt Tim ungeduldig.

»Nein«, erwidert Bernd schmunzelnd. »Ganz im Gegenteil – wir sind da.«

Im Etosha-Nationalpark

Namutoni

Durch das Von Lindequist Gate fahren sie in den Nationalpark hinein.

»Jetzt kann die Safari beginnen«, erklärt Sven voller Vorfreude.

Auch Tim ist bereits mächtig gespannt, was sie in dem weltberühmten Nationalpark erwartet.

»Bevor die Safari so richtig startet, müssen wir erst einmal den Eintritt bezahlen«, stellt Bernd klar. »Das machen wir in Namutoni, einem der drei Rastlager des Parks. – Zur besseren Orientierung werft mal einen Blick auf diese Karte.«

Und er reicht ihnen einen Plan des Etosha-Nationalparks. Darauf können die Jungen erkennen, dass sie durch das östliche Eingangstor in den Park gelangt sind. Auch die drei Rastlager sind eingezeichnet, Namutoni, Halali und Okaukuejo.

»In dem mittleren, Halali, werden wir heute übernachten«, kündigt Bernd an.

Nachdem sie Namutoni erreicht haben, geht Bernd zur Kasse. Den Jungen rät er, die Toiletten aufzusuchen.

»Im Etosha-Park darf das Fahrzeug nur in den Rastlagern und an den ausgewiesenen Plätzen mit Toiletten verlassen werden. Und die finden sich nicht alle naselang.«

»Und was passiert, wenn man sich nicht daran hält und unterwegs aussteigt?«, möchte Tim wissen.

»Zum einen sollte man sich schon im Interesse seiner eigenen Sicherheit hieran halten«, antwortet Bernd, »weil ein Verlassen des Fahrzeugs lebensgefährlich ist. Einen im Schatten dösenden Löwen beispielsweise kann man als Ungeübter leicht übersehen, während das umgekehrt nicht der Fall ist. Zum anderen wird man bei Verstößen des Parks verwiesen.«

Als sie sich nach einigen Minuten wieder am Auto treffen, haben sich die Jungen bereits ein wenig in dem Rastlager umgeschaut.

»Das Ganze sieht aus wie eine Burg oder eine Festung«, fasst Sven seine Eindrücke zusammen und weist auf die sich in strahlendem Weiß über dem grünen Rasen erhebende Anlage mit Türmen und Zinnen.

»Tatsächlich ist Namutoni eine Festung gewesen, die 1903 fertiggestellt worden ist«, erläutert Bernd. »Im Zuge des Herero-Aufstandes zu Beginn des Jahres 1904, an dem sich auch ein Ovambo-Häuptling mit seinen Leuten beteiligte, wurde Namutoni von den Ovambo angegriffen. Den Angreifern standen die aus vier Personen bestehende Besatzung und drei Farmer, die hier Schutz gesucht hatten, gegenüber. Das konnte nicht lange gutgehen.

Nachdem die Verteidiger am Tag den Ansturm abwehren konnten, zogen sie es vor, im Schutz der Nacht zu fliehen. Das Fort wurde dann von den Ovambo zerstört, jedoch nach der Niederschlagung des Aufstandes wieder aufgebaut. – Im weiteren Verlauf seiner Geschichte verfiel die Festung, bis man sich dazu entschloss, sie abzutragen. Doch setzte sich das Bemühen verschiedener Seiten, das historische Gebäude zu erhalten, schließlich durch. Namutoni wurde zu einem nationalen Monument erklärt, rekonstruiert und zu einem touristischen Rastlager umgestaltet. – Aber nun genug über Namutoni. Lasst uns aufbrechen zur Safari. Allzu viel Zeit bleibt uns heute nicht mehr, da jeder Besucher bei Einbruch der Dämmerung den Park entweder verlassen haben oder in einem Rastlager angekommen sein muss.«

»Auf zur Beobachtung der Big Five!«, ruft Tim und klatscht ausgelassen in die Hände.

»Von den sogenannten Big Five sind im Etosha Park bis auf Büffel alle Spezies vorhanden«, führt Bernd aus, »sowohl Elefanten und Nashörner als auch Löwen und Leoparden.«

»Prima«, freut sich Sven. »Und die werden wir alle zu Gesicht bekommen?«

»Wenn wir Glück haben ja«, entgegnet Bernd. »Sicher ist das allerdings nicht. Wir müssen uns überraschen lassen.«

Die Safari kann beginnen

Schon nach kurzer Zeit sehen sie eine Herde Springböcke. Im langsamen Schritt queren die Tiere den Fahrweg und ziehen durch das trockene Steppengras.

Dann erblicken sie eine Schar Perlhühner.

»Schaut einmal nach rechts zur Etosha-Pfanne hinüber«, fordert Bernd die Jungen auf.

Sven und Tim drehen die Köpfe.

»Da ist ja Wasser drin«, stellt Sven fest.

»Und das ist extrem selten«, erwidert Bernd. »Das kommt alle Jubeljahre einmal vor. Die Etosha-Pfanne ist der Mittelpunkt des Nationalparks, wie ihr dem Übersichtsplan entnehmen könnt. Sie ist rund 5000 qkm groß und eine Salztonpfanne, die zum westlichen Teil der Kalahari gehört. Nur nach besonders ergiebigen Regenfällen läuft sie voll Wasser.«

Am Rande des Salzsees steht ein Baum mit einer weit ausladenden Krone.

»Die Baumkrone sieht aus wie ein geöffneter Schirm«, meint Tim.

»Das ist für mich der typisch afrikanische Baum«, sagt Sven. »Den sieht man oft in Filmen, die in Afrika spielen, oder auf dem Cover von Afrikaromanen. – Häufig zusammen mit einem Sonnenuntergang.«

»Dieser Baum ist ein besonders schönes Exemplar einer Schirmakazie«, entgegnet Bernd.

Tim stößt Sven triumphierend in die Seite, weil er mit seiner Assoziation eines geöffneten Schirms genau ins Schwarze getroffen hat.

»Die Blätter, Blüten und Früchte der Schirmakazien dienen zahlreichen Tieren als Futterquelle, zum Beispiel Elefanten, Giraffen und Antilopen«, fährt Bernd fort. »Durch den Fraß wird Wuchs und Form des Baumes manchmal so stark beeinflusst, dass man ihn kaum noch als Schirmakazie erkennen kann.«

»Dann hat diese Schirmakazie offenbar Glück gehabt, dass sie sich so prächtig hat entwickeln können«, schlussfolgert Tim.

»So kann man es zutreffend beschreiben«, bekräftigt Bernd.

»Da vorne ist eine Giraffe!«

Sven weist auf einen Baum am Rande der Piste.

»Außer dem Baum kann ich nichts erkennen«, sagt Tim.

Sven wendet sich seinem Freund zu.

»Ihr Kopf ragt halb über die Baumkrone hinaus, und neben dem Stamm kannst du ihre Beine ausmachen.«

»Jetzt sehe ich sie auch.«

Tim ist erstaunt, wie gut getarnt das große Tier direkt neben der Piste steht.

»Hier erlebt ihr eine kleine Lehrstunde, wie nah ein Tier, auch ein großes, sein kann, ohne dass man es bemerkt«, sagt Bernd. »Das noch einmal zur Sinnhaftigkeit des Verbots, sein Fahrzeug im Park zu verlassen.«

Wenig später erblicken sie zwei weitere Giraffen. Die Tiere stehen ein Stückchen neben der Piste und sehen zu ihnen hinüber.

»Wer beobachtet hier wen?«, fragt Sven amüsiert. »Wir die oder die uns?«

»Giraffen find ich cool«, lässt sich Tim vernehmen, »obwohl sie irgendwie etwas dümmlich aussehen. Guckt euch doch nur einmal an, was für komische Grimassen die schneiden.«

»Tatsächlich«, stimmt Sven seinem Freund zu, »die machen ganz eigenartige Mundbewegungen.«

Bernd lacht.

»Die kauen, und zwar Knochen. Die benötigen sie wegen des Kalziums.«

»Ist ja irre«, staunt Tim. »Hätt ich nicht gedacht, dass Giraffen auch Knochen fressen.«

Er versucht, die Giraffen nachzuäffen, und macht ebenfalls übertriebene Kaubewegungen, indem er seine Kiefer hin- und herschiebt.

»Jetzt siehst du wie ein Pannemann aus«, stellt Sven fest.

Auf einem kegelförmigen Termitenhügel hockt ein Tier mit rötlichbraunem Fell und buschigem Schwanz.

»Eine Fuchsmanguste«, sagt Bernd.

Noch eine weitere Mangustenart können sie beobachten: Etwa zwanzig gestreifte Mungos oder Zebramangusten laufen auf Nahrungssuche durch das Gras. Dabei geben die lebhaften Tiere zwitschernde Geräusche von sich.

»Zebramangusten sind ausgesprochen gesellige Tiere, die sich mit diesem *Zirpen* untereinander verständigen«, erläutert Bernd.

Natürlich steuern sie auch etliche Wasserstellen an. Dort stoßen sie auf Oryxantilopen, Warzenschweine, Impalas, Springböcke und eine Anzahl großer, stattlicher Tiere, die den Jungen fremd sind.

»Das sind Kudus«, erklärt Bernd. »Das Männchen ist unschwer an seinem prächtigen, spiralförmigen Gehörn zu erkennen.«

»Außerdem hat es eine lange Halsmähne«, ergänzt Sven.

Sowohl das Männchen als auch die Weibchen haben weiße Längs-
streifen auf dem Rücken.

»Die Weibchen erinnern mich an Hirschkühe«, sagt Tim.

Die bräunliche Färbung der Weibchen steht in deutlichem Kontrast zur grauen Farbe des Männchens. Während sich die Weibchen etwas im Hintergrund halten, schreitet das Kudumännchen
zum Wasser, um zu trinken. Da es später Nachmittag ist, wirft die
schon tiefer stehende Sonne lange Schatten.

»Jetzt trinken drei Kudus«, bemerkt Sven schelmisch.

Tim schaut seinen Freund erstaunt an. »Ich sehe nur ein Kudu
am Wasser. Wo sind denn die beiden anderen?«

Tim sieht sich suchend um.

Bernd, der verstanden hat, was Sven meint, gibt Tim einen Tipp.

»Sieh doch noch mal genau hin. Da steht zum einen ...«

Tim hat kapiert.

»Ihr meint das zusätzliche Spiegelbild im Wasser und den
Schattenumriss.«

»So ist es, Kleiner«, sagt Sven und gibt Tim einen freundschaftlichen Knuff in die Seite.

Später kommt auch eine Riesentrappe hinzu. Der große Vogel kniet sich an den Rand des Wassers und trinkt.

»Das sieht ja saukomisch aus«, findet Tim.

»Wenn jetzt noch ein Löwe, ein Leopard oder zumindest ein Gepard auftauchen würde, wäre das perfekt«, spricht Sven sich und seinem Freund aus der Seele.

An einer anderen Wasserstelle sitzen drei große Geier und stillen ihren Durst.

»Weißrückengeier«, sagt Bernd.

Auch ein Dik-Dik und ein scheues Steinböckchen sehen sie am Rande der Piste im Gebüsch.

Das Steinböckchen, eine kleine, zierliche Antilope mit rehbraunem Fell, starrt mit großen Augen und noch größeren Ohren in ihre Richtung, bevor es mit zwei, drei Sprüngen aus ihrem Blickfeld verschwindet.

»Allmählich sollten wir uns zu unserem Übernachtungsquartier Halali auf den Weg machen, um rechtzeitig vor Sonnenuntergang dort zu sein«, mahnt Bernd. »Dann werden die Tore abgesperrt.«

Und so fahren sie los.

Unterwegs halten die Freunde eifrig nach Tieren Ausschau.

Abrupt stoppt Bernd den Wagen: »Leopard zur Linken!«, ruft er.

In der Tat: Tief geduckt im hohen Gras, direkt in Höhe des Autos, bewegt sich geschmeidig die elegante Raubkatze mit dem glänzenden, gelb-schwarz gefleckten Fell, schwenkt im rechten Winkel ab und taucht im nächsten Augenblick im dichten Buschwerk unter.

»Ich hab gerade noch einen Blick auf den Leoparden erhaschen können«, sagt Sven.

Tim ist so beeindruckt, dass er gar nichts sagt.

»Das war ein echter Volltreffer«, stellt Bernd fest. »Zum einen sind Leoparden wahre Meister der Tarnung, zum anderen sind sie nächtliche Jäger, die sich am Tage im Dickicht, in Bäumen oder in Felshöhlen aufhalten. Eines Leoparden ansichtig zu werden, stellt deshalb einen echten Glücksfall dar.«

Tim hat mittlerweile seine Sprache wiedergefunden.

»Auch wenn ich ihn nur kurz gesehen habe, war das der Tagesknüller für mich. Einfach megageil.«

»Halali hat, wie die beiden übrigen Rastlager auch, eine beleuchtete Wasserstelle, an der man auch abends und nachts Tiere beobachten kann«, sagt Bernd. »Mal schauen, was uns dort erwartet.«

Halali

Kurz vor Toresschluss erreichen sie das Rastlager und beziehen ihre Bungalows.

Die Freunde können gar nicht schnell genug ihr Abendessen zu sich nehmen, um möglichst bald zur Wasserstelle zu kommen. Sie wollen auf gar keinen Fall irgendetwas verpassen, zumal Bernd ihnen erzählt hat, dass eine gute Chance bestünde, dort Nashörner anzutreffen.

Bernd sieht, wie die Jungen das Essen in sich hineinschlingen.

»Immer mit der Ruhe. Der Abend ist ja noch lang.«

Direkt nach dem Abendessen marschieren sie los.

Die Wasserstelle liegt ein wenig außerhalb.

Bernd leuchtet mit einer Taschenlampe den Weg ab.

Am beleuchteten Wasserloch treffen sie auf viele andere Gäste.

Tiere sind jedoch nicht zu sehen.

Eine Gruppe Jugendlicher hat sich auf den Sitzplätzen verteilt – ausgestattet mit Gläsern und Flaschen. Die jungen Leute, die auf dem Campingplatz des Halali-Geländes ihr Quartier haben, sind bester Stimmung. Sie unterhalten sich, lachen, scherzen und prosten einander zu.

Alles ganz harmlos, nur eben nicht ideal zur Tierbeobachtung.

»Auf störende Geräusche reagieren Wildtiere ziemlich empfindlich«, sagt Bernd. »Im Zweifel lassen sie sich gar nicht erst blicken.«

Als nach anderthalb Stunden noch immer kein Tier aufgetaucht ist und rings um die erleuchtete Wasserstelle nichts als nächtliche Schwärze zu sehen ist, regt Bernd an, zu den Bungalows zurückzukehren.

Aber Sven und Tim möchten noch bleiben.

»Vielleicht kommen ja doch noch Tiere«, meinen sie übereinstimmend.

Bernd ist skeptisch.

»Bei dieser Geräuschkulisse sehe ich schwarz«, macht er den Freunden wenig Hoffnung. »Außerdem – eine Garantie hat man sowieso nicht.«

Die Jungen wollen aber noch nicht die Flinte ins Korn werfen und aufgeben. In einer Mischung aus Wut auf die lauten Jugendlichen um sie herum und trotziger Zuversicht, doch noch Tierbeobachtungen machen zu können, vielleicht gar Löwen hier am Wasserloch zu erleben, möchten sie gerne bleiben.

»Okay, ich mach euch einen Vorschlag«, sagt Bernd. »Ich werde jetzt zu meinem Bungalow gehen und euch in spätestens zwei Stunden abholen. So lange habt ihr die Chance, hier ein Tier zu sehen. Aber wartet in jedem Fall auf mich. Der Weg zu den Bungalows ist in der Dunkelheit nicht leicht zu finden.«

Als Bernd nach zwei Stunden zurück ist, sind Sven und Tim die einzigen, die er noch antrifft.

»Und?«, fragt er.

Die Jungen sind tief enttäuscht.

»Nicht ein Tier«, antwortet Sven niedergeschlagen. »Obwohl die Gruppe bereits vor gut einer Stunde gegangen ist.«

»Können wir nicht noch ein kleines bisschen bleiben?«, bettelt Tim, der sich noch immer nicht damit abfinden kann, dass die einmalige Gelegenheit zur nächtlichen Tierbeobachtung im Etosha-Nationalpark ein Flop gewesen sein soll.

Doch Bernd bleibt hart.

»So schade es auch ist, aber nun wird es höchste Zeit für euch, ins Bett zu gehen. Morgen haben wir noch einen ganzen Tag in Etosha vor uns. Und es wäre doch jammerschade, wenn ihr dann vor lauter Müdigkeit im Auto einschlafen würdet.«

Unter Geiern

»Hey, seht mal, da vorne rechts!«

Tim ist ganz aufgeregt und deutet auf eine Baumgruppe ein Stück abseits der Piste, auf der sechs Geier hocken. Ab und zu erhebt sich einer der großen Vögel, dreht einige Runden in der Luft, um sich dann erneut in den Baumwipfeln niederzulassen.

»Das ist ja eine gespenstische Szenerie«, sagt Sven. Und, zu Bernd gewandt: »Hat wahrscheinlich nichts Gutes zu bedeuten, oder?«

»Sieht danach aus, als ob die Geier auf eine Mahlzeit warten«, entgegnet der. »Das heißt, dass da irgendwo ein Tier liegt, entweder schwer verletzt oder bereits verendet.«

Bernd und die Jungen starren angestrengt in Richtung der Baumgruppe, ob sie im hohen Gras einen Tierkadaver entdecken können. Doch außer den immer wieder kreisenden Geiern erspähen sie nichts.

»Eigentlich bin ich ganz froh, kein totes Tier hier rumliegen zu sehen«, äußert Tim eine gewisse Erleichterung. »Womöglich noch mit ansehen zu müssen, wie sich die Geier an ihm gütlich tun und Fleischbrocken aus ihm herausreißen – scheußlich, brrrr.«

Und er schüttelt sich theatralisch.

Bernd muss herzhaft lachen.

»Dafür, dass du das so scheußlich findest, scheinst du es dir aber recht detailliert vorzustellen.«

»Kann ich gar nichts gegen machen«, erwidert Tim. »Ich habe die Bilder einfach vor Augen. Aber es macht schon einen Unterschied, ob ich es mir vorstelle oder aber leibhaftig ansehen muss.«

Und wie zum Beweis seiner lebhaften Fantasie, gegen die er sich nicht wehren kann, fügt er an:

»Wer sagt denn überhaupt, dass es sich um ein totes *Tier* handelt? – Es könnte doch auch ein *Mensch* sein, der dort hilflos liegt.«

»Das ist allerdings sehr unwahrscheinlich«, antwortet Bernd, der nicht ganz sicher ist, ob Tim seine Vermutung wirklich ernst gemeint hat.

»Menschen gehen eigentlich nicht hier im Park spazieren – zumal man im Etosha-Park das Auto auch nicht verlassen darf, wie ihr wisst.«

»Auf mich wirken die Geier düster und unheimlich«, wirft Sven ein. »Irgendwie vermitteln sie einem einen Hauch von Tod. – Ich krieg schon eine Gänsehaut.«

Doch dann kommt ihm eine Idee:

»Sollte hier irgendwo tatsächlich ein totes Tier liegen, wäre das doch höchstwahrscheinlich von einem Raubtier gerissen worden, einem Löwen zum Beispiel.«

Bernd nickt zustimmend.

»Das wäre sehr wahrscheinlich.«

»Aber dann könnte der Löwe noch in der Nähe sein?«

»Durchaus«, sagt Bernd. »Er könnte auch noch bei dem Riss liegen.«

»Das würde erklären, warum sich die Geier in sicherer Entfernung auf den Bäumen aufhalten«, schaltet Tim sich ein.

»Richtig«, pflichtet Bernd bei, und schmunzelnd fügt er hinzu: »Und das würde außerdem bedeuten, dass statt der Geier ein Löwe Fleischbrocken aus dem toten Beutetier herausreißt.«

Tim hält sich schaudernd eine Hand vor die Augen.

»Auf jeden Fall sollten wir die Augen offen halten, ob wir nicht gleich einen Löwen zu Gesicht bekommen«, meldet sich Sven noch einmal zu Wort.

»Das wäre wirklich geil«, sagt Tim und nimmt seine Hand wieder von den Augen.

Die Geier sitzen einträchtig in den Baumwipfeln. Etwas hält sie davon ab, auf dem Erdboden zu landen. Doch selbst wenn sie es täten, würde sich das Geschehen außerhalb des Blickfeldes von Bernd und den Jungen abspielen.

»Ich glaube, mehr gibt es für uns hier nicht zu sehen«, stellt Bernd fest, dann startet er den Motor und sie fahren weiter.

So sehr die Jungen auch nach einem Löwen Ausschau halten, keine dieser königlichen Raubkatzen lässt sich blicken.

Dafür ruft Bernd wenig später:

»Schaut mal auf neun Uhr!«

Die Jungen machen verständnislose Gesichter.

Sven wirft einen raschen Blick auf seine Armbanduhr.

»Es ist gleich halb zehn«, murmelt er irritiert.

Bernd ist sichtlich amüsiert.

»Ich sagte nicht, ihr sollt auf eure Uhr gucken, sondern auf neun Uhr. Damit meinte ich die Richtung.«

Nun begreifen die Jungen. Sie wenden die Köpfe um 90 Grad nach links.

Jagdszene

Im gelben Savannengras taucht eine Tüpfelhyäne auf, dann noch eine zweite, dritte und vierte. Mit einem leichten Schauder betrachten die Jungen die Tiere, die mit ihrem getüpfelten Fell, den großen, runden Ohren und schräg abfallender Rückenlinie durch das trockene Gras streichen.

»Das sind ja wirklich hässliche Tiere«, stellt Tim mit Nachdruck fest.

»Schönheiten sind sie gerade nicht«, sagt Sven. »Andererseits: Die Natur hat mit Sicherheit Abstoßenderes zu bieten.«

»Aber Hyänen gelten allgemein als hässliche Tiere«, beharrt Tim auf seinem Standpunkt, »und für meinen Geschmack sind sie das auch.«

»Und über Geschmack lässt sich bekanntlich nicht streiten«, greift Bernd schlichtend ein. »An eurer Stelle würde ich mich einfach darüber freuen, Hyänen in freier Wildbahn beobachten zu können. Da sie hauptsächlich nachts und in der Dämmerung aktiv sind, bekommt man sie tagsüber selten zu sehen.«

Ehe Tim seinen Gefühlshaushalt daraufhin überprüfen kann, ob Hyänen vielleicht doch ein wenig Sympathie verdienen, macht Sven seine Begleiter auf ein einzelnes Zebra aufmerksam: »Guckt mal auf zwei Uhr.«

Natürlich sind sie nicht die einzigen, die das Zebra entdeckt haben. Die Hyänen nehmen die Verfolgung auf, während das Zebra auf eine Buschgruppe zuläuft.

»Jagen die Hyänen das Zebra etwa?«, will Tim wissen. »Ich denke, die fressen nur Aas.«

»Das meinen viele Leute, aber es ist ein Irrtum«, entgegnet Bernd. »Hyänen sind sehr gute, aggressive Jäger. Aas fressen sie natürlich auch, wenn es ihnen *serviert* wird, aber eben nicht ausschließlich. Wenn sie sich an den gedeckten Tisch setzen können, ist es ihnen zwar recht. – Ihr seid ja auch froh, wenn ihr euch nicht selbst ums Essen kümmern müsst. – Sie sind aber durchaus in der

Lage, für ihr leibliches Wohl selbst zu sorgen. Auf ihren Beutezügen gehen sie im Rudel vor. – Sie sind übrigens auch in der Lage, Löwen und andere Raubkatzen von ihrem Riss zu vertreiben.«

Unterdessen hetzen die vier Räuber hinter ihrem Opfer her, umspringen es und schnappen mit ihren mörderisch starken Kiefern nach ihm.

Den Jungen klopft das Herz bis zum Hals. Sie schwanken zwischen Hin- und Weggucken. Durch die mittlerweile recht große Entfernung wird die Hetzjagd ein wenig erträglicher. Natürlich wollen sie Tiere in freier Wildbahn erleben und beobachten. Aber was sich jetzt vor ihren Augen anbahnt, geht ihnen mächtig an die Nieren.

Plötzlich, als es die Buschgruppe fast erreicht hat, macht das Zebra einen 90°-Schwenk nach rechts und läuft direkt auf das Auto zu, die Hyänen noch immer hinter sich. Unmittelbar neben dem Wagen bleibt es stehen, dreht sich – scheinbar resignierend – seinen Verfolgern zu.

»Oh Gott, nun wird es zum entscheidenden *Showdown* kommen«, befürchtet Sven. »Und wir sitzen *in der ersten Reihe*.«

Tim, der sich zwischendurch immer mal wieder die Hand vor Augen hält und nur durch einen schmalen Spalt seiner Finger blinzelt, fragt fast flehentlich:

»Können wir denn gar nichts tun, um die Hyänen zu verjagen? – Oder können wir dem Zebra Zuflucht im Auto bieten?«

Bernd, den das Ganze auch nicht völlig kalt zu lassen scheint, schüttelt den Kopf.

»Ich glaube kaum, dass sich die Hyänen so ohne weiteres vertreiben lassen. Und in unser Auto passt das Zebra nicht hinein. – Aber selbst wenn das ginge: Ihr bekommt nun hautnah vor Augen geführt, dass Tiere in freier Wildbahn eben nicht wie in einem großen Zoo leben, wo alles friedlich und wohlgeordnet für den menschlichen Betrachter abläuft, sondern dass die Freiheit durch täglichen Überlebenskampf erkauft wird, trotz der vordergründigen Idylle. Wir können nichts anderes tun als den Dingen ihren Lauf zu lassen.«

»Aber das arme Zebra«, jammert Tim.

Das umrundet mehrmals das Auto, immer von einer Seite den Schutz des Fahrzeugs suchend und sich somit den Rücken freihaltend, dabei jedoch ständig von den vier wütend schnappenden Angreifern attackiert.

Mit einem Mal, völlig unerwartet, ziehen sich die Hyänen, unwillig knurrend, zurück, als hätten sie den Spaß an einem Spiel verloren.

Erschöpft und deutlich gezeichnet steht das Zebra mit bebenden Flanken vor dem Wagen auf der Schotterpiste. Der Schwanz ist bis auf einen Stummel abgerissen, der linke Hinterlauf weist eine tiefe Verletzung auf.

Innerlich aufgewühlt sehen die Jungen zu, wie das Zebra auf drei Beinen schließlich nach links in das gelbe Savannengras humpelt.

»Wird es wohl überleben oder war es nur ein kurzer Aufschub?«, fragt Sven.

Aber es ist eine rhetorische Frage, auf die er keine Antwort erwartet.

Als sie weiterfahren, schweigen die Jungen.

Bernd merkt ihnen an, dass sie schockiert sind über das soeben Erlebte.

Schließlich fragt Sven: »Können Hyänen auch Menschen gefährlich werden?«

»Das können sie«, antwortet Bernd. »Es kommt immer mal wieder vor, dass Hyänen, meistens im Rudel, Menschen angreifen und töten.«

»Hast du eine Erklärung dafür, warum sich die Hyänen vorhin so plötzlich zurückgezogen haben?«, möchte Tim wissen.

»Da muss ich passen«, entgegnet Bernd. »Es kann damit zusammenhängen, dass es drei Jungtiere waren, die mit ihrer Mutter unterwegs gewesen sind.«

»Meinst du, dass die noch zu unerfahren für die Jagd waren?«, hakt Sven nach.

»Zumindest könnte ich mir gut vorstellen, dass es bei vier erwachsenen Hyänen einen anderen Ausgang gegeben hätte«, vermutet Bernd. »Möglicherweise hat sie aber auch das Auto irritiert.«

»Dann sind wir also eventuell der Lebensretter für das Zebra«, bemerkt Tim.

»Wenigstens vorläufig«, entgegnet Bernd. »Ob das Zebra aufgrund seiner Verletzung am Lauf überleben wird, erscheint mir jedoch fraglich. Zumindest ist es jetzt sehr stark gehandikapt und damit eine leichte Beute für Raubtiere.«

Nach einiger Zeit taucht erneut eine Hyäne in ihrem Blickfeld am linken Fahrbahnrand auf. Auch als sich das Fahrzeug auf gleicher Höhe befindet, macht sie keine Anstalten, davonzulaufen.

Bernd hält an. Und nun erkennen die Jungen den Grund für das ungewöhnliche Verhalten des Tieres. Die Hyäne liegt halb in der Straßenböschung, ihr Hinterleib ist blutig.

»Entweder ist sie angefahren worden, oder ein anderes Tier hat sie so übel zugerichtet«, sagt Bernd.

»Das geschieht ihr recht«, frohlockt Tim in Erinnerung an die Jagdszene.

Doch als er sieht, wie die Hyäne, auf ihre Vorderpfoten gestützt, lediglich den Kopf nach ihnen dreht, tut ihm das Tier leid.

»Sie hat bestimmt große Schmerzen. Das gönne ich ihr doch nicht«, revidiert er seine Spontanäußerung. »Und ihr Blick ist ganz traurig.«

»Kann man ihr denn nicht helfen, indem man zum Beispiel die Parkranger informiert, damit die das Tier erschießen und von seinen Qualen erlösen?«, fragt Sven.

»Die würden nicht kommen«, erwidert Bernd. »Der Etosha-Nationalpark ist zwar eingezäunt, aber freie Wildbahn. In den täglichen Ablauf von jagen und gejagt werden, von leben und sterben, wird nicht eingegriffen. Hier wird der Natur nicht ins Handwerk gepfuscht, so grausam und brutal sich das auch anhört.«

Zebrastreifen, drei große Verwandte der Klippschliefer und einige komische Vögel

Zum Glück geht es nicht so grausam weiter. Aufregend bleibt es jedoch.

Gespannt wie Flitzebogen harren die Jungen der Dinge, die da kommen werden; während sie sich die Nasen an den Autoscheiben plattdrücken, beobachten sie unablässig die Umgebung. Sie haben sich gegenseitig mehrmals versichert, dass ein jeder sofort kundtun wird, sobald an seiner Seite ein Tier auftaucht.

Auch Bernd muss versprechen, sofort Mitteilung von seinen Beobachtungen zu machen. Der kann sich ein Lachen nicht verkneifen.

»Natürlich sag ich euch Bescheid, sobald ich etwas entdecke. Deswegen sind wir schließlich hier. Es geht doch nicht um einen Wettbewerb, den derjenige gewinnt, der die meisten Tiere gesehen hat, sondern darum, dass wir alle gemeinsam möglichst viele Tiere sehen.«

Immer wieder tauchen friedlich äsende Springbockherden, Impalas und Gnus auf.

»Die Gnus wirken irgendwie vorsintflutlich«, bemerkt Tim zu den großen Tieren mit den kantigen Schädeln, langen, pferdeähnlichen Schwänzen, zotteligen Gesichts- und Halsmähnen und kräftigen, hohen Schultern, die die Hüften überragen.

Dann muss Bernd anhalten, weil eine Herde Zebras von rechts nach links die Piste überquert.

»Irre, lauter Zebrastreifen«, witzelt Tim.

»So beobachte ich die Zebras wirklich lieber, als wenn sie von Hyänen gejagt werden«, sagt Sven. Auch er ist von der Herde beeindruckt. »Die reicht ja fast bis zum Horizont. Und die Kleinen sind besonders schön anzuschauen. Da vorne trinkt gerade eines bei seiner Mutter.«

Entspannt, ohne Eile, ziehen die Tiere über die Savanne. So haben auch die Jungtiere kein Problem, mitzuhalten.

Irgendwann tauchen drei graue Kolosse mit langen Stoßzähnen zwischen dem strauchartigen Bewuchs auf. Sie bewegen sich wie in Zeitlupe und zupfen mit ihren Rüsseln das Laub ab. Dann rollen sie den Rüssel nach innen ein und stopfen sich die Blätter in den Mund.

»Da sind ja die großen Verwandten der Klippschliefer«, sagt Sven.

»Gut behalten«, lobt Bernd.

»Aber so richtig kapieren kann ich es immer noch nicht, dass zwischen den kleinen Pelztieren und diesen Riesen eine Verwandtschaft bestehen soll«, wirft Tim ein. Fasziniert beobachtet er, genau wie sein Freund, die mächtigen Elefantenbullen, die – passend zu ihrer Farbe – aus grauer Urzeit zu stammen scheinen.

»Die Stoßzähne sehen aber ziemlich schmutzig aus«, merkt Sven an, »gelb und schwarz. Wenn meine Zähne so aussähen, würden mich meine Eltern mit Sicherheit zum Zahnarzt schicken.«

»Meine würden mir sagen, dass ich mir vernünftig die Zähne putzen soll«, vermutet Tim.

»Achtet mal auf ihre Ohren«, fordert Bernd die Jungen auf.

»Wirken wie große Lappen«, sagt Sven. »Und sie wedeln mit ihnen.«

»Das Wedeln dient dazu, die Körperwärme zu reduzieren«, erläutert Bernd.

»Afrikanische Elefanten haben größere Ohren als indische«, will Tim mit seinen Kenntnissen glänzen.

»Stimmt«, antwortet Bernd. »Aber einen Vergleich mit den indischen Elefanten hatte ich nicht beabsichtigt – eher einen Vergleich hiermit.«

Und er hält den Jungen eine Afrikakarte hin.

»Jetzt fällt bei mir der Groschen«, stellt Sven fest. »Ihre Ohren haben ungefähr die Form Afrikas.«

Woraufhin Tim beschließt, bei der nächsten sich bietenden Gelegenheit darauf zu achten, ob die Ohrenform indischer Elefanten den Umrissen Indiens entspricht. Aber das behält er lieber für sich.

Unterdessen haben sich die Tiere nur wenige Meter von der Stelle gerührt. Sie sind nach wie vor damit beschäftigt, mit ihren Rüsseln Blätter und Zweige zu pflücken.

»Hören die denn gar nicht mehr auf zu fressen?«, fragt Sven erstaunt.

»So ein Gigant futtert pro Tag zwischen 150 und 300 kg an Gras, Blättern, Rinden, Ästen, Wurzeln und Früchten«, erläutert Bernd. »Dazu trinkt er noch um die 200 Liter Wasser. Er ist deshalb tatsächlich den größten Teil des Tages mit der Nahrungsaufnahme befasst. – Habt ihr den Burschen nun lange genug beim Essen zugeguckt?«

Als die Jungen das bejahen, lässt Bernd den Motor an und sie fahren weiter.

Nach einer Weile sehen sie einen großen Vogel auf der staubigen Piste vor sich. Er hat einen mächtigen Schnabel, einen federlosen, schmutzig wirkenden rot-schwarzen Kopf und einen nackten, fleischfarbenen Hals. Seine Oberseite ist grau, seine Unterseite weiß. Außerdem hat er eine Art weiße Halskrause.

»Das ist ja ein komischer Vogel«, äußert Tim. »Und zudem pott-hässlich.«

»Ist das nicht ein Marabu?«, fragt Sven.

Bernd nickt bejahend.

»Marabus sind, wie Geier, auch Aasfresser. Deswegen kann man an einem Raubtierriss häufig beide zusammen antreffen.«

Der Marabu läuft ein Stück vor dem Auto her, dann erhebt er sich, wobei die Jungen mit Erstaunen seine enorme Flügelspann-weite registrieren, und fliegt auf einen Baum. Erst jetzt bemerken sie, dass er etwas im Schnabel hat.

Einen weiteren *komischen* Vogel entdeckt Sven.

»Auf zehn Uhr läuft ein seltsamer Vogel!«, ruft er seinem Freund und Bernd zu.

Es ist in der Tat eine interessante Erscheinung, die auf langen Stelzenbeinen durch das gelbe, hohe Gras stolziert. Das Gesicht ist nackt und leuchtend orangegelb, das Federkleid von blassgrau-er Farbe. Die mittleren Schwanzfedern überragen die übrigen um die Hälfte. Die Flügel sind im hinteren Bereich schwarz, ebenso die Federn, die die Beine bis zum Laufgelenk bedecken.

»Sieht aus, als ob er schwarze Leggins trägt«, äußert Tim la-chend.

Am auffallendsten sind jedoch die langen schwarzen Hauben-federn.

»Denen hat er wohl seinen Namen zu verdanken«, erklärt Bernd, »weil sie an seinem Hinterkopf hervorragen wie der Federkiel hinter dem Ohr eines Büroangestellten aus dem neunzehnten Jahr-hundert.«

Nun dämmert es Sven.

»Dann ist das ein Sekretär?«

»Exakt«, entgegnet Bernd. »Trotz seines ungewöhnlichen Aus-sehens gehört er zu den Greifvögeln. Allerdings sucht er seine

Nahrung auf dem Boden. Dabei stampft er mit den Füßen auf Grasbüschel, um seine Beute herauszuscheuchen.«

»Und was steht auf seinem Speiseplan?«, erkundigt sich Sven.

»Beispielsweise Eidechsen und Heuschrecken«, antwortet Bernd. »Bevorzugt jagt er allerdings Schlangen, die er mit kräftigen Fußtritten tötet.«

»Aber er kann doch auch fliegen, oder?«, fragt Tim.

Bernd nickt.

»Doch verlässt er sich im Wesentlichen auf die Schnelligkeit seiner Beine. Nur im äußersten Notfall, wenn er in Bedrängnis gerät, fliegt er auf.«

Andere seltsame Vögel in den Baumkronen haben auffallend lange, gebogene Schnäbel. Es sind Tokos, und entsprechend der Farbe ihrer Schnäbel heißen sie Gelbschnabel- und Rotschnabeltoko.

»Tokos sind die kleinsten vorkommenden Nashornvögel«, erläutert Bernd. »Sie brüten in Baumhöhlen. Der Eingang der Höhle wird vom Männchen bis auf einen schmalen Spalt zugemauert. Durch den füttert das Männchen seine Familie, während ihn das Weibchen und die Jungtiere zur Entsorgung ihrer Abfälle benutzen. Wenn die Jungen drei bis vier Wochen alt sind, verlässt das Weibchen die Höhle. Die Jungen mauern sich dann wieder ein und werden weitere drei Wochen von beiden Eltern versorgt.«

Beobachtungen am Wasserloch

An einem Wasserloch, das wie ein kleiner See angelegt ist, befindet sich eine Elefantenherde.

Sven zählt mindestens 25 Tiere.

Die Jungen sind hellauf begeistert, so viele Dickhäuter auf einmal zu sehen.

Auch einige Jungtiere gehören zur Herde. Allerdings stehen die Elefanten etwas abseits des *Sees* an einem trogförmig in den Boden einbetonierten Wasserbehälter.

»Ein Großteil der Wasserstellen im Etosha-Nationalpark ist künstlich angelegt«, erläutert Bernd.

Außer den Elefanten entdecken die Jungen auch zwei Impalas.

»Schaut mal, wer da hinten auftaucht«, sagt Bernd und zeigt in Richtung der Bäume und Sträucher, die im Hintergrund der Wasserstelle einen dichten Bewuchs bilden.

»Eine Giraffe!«, ruft Tim.

Die Giraffe schaut zwischen den Bäumen hindurch und beobachtet das Areal rings um die Wasserstelle. Dann verlässt sie langsam den Schutz der Bäume und nähert sich vorsichtig dem Wasser.

Mittlerweile haben sich noch weitere Impalas und auch eine Schar Perlhühner eingefunden.

Als die Giraffe am Rande des Wasserteiches angelangt ist, bemerkt Tim:

»Angesichts ihrer langen Vorderbeine bin ich gespannt, wie die trinkt.«

»Immerhin hat sie ja auch einen langen Hals«, wirft Sven ein.

In diesem Moment biegt die Giraffe ihren Hals nach unten und senkt den Kopf Richtung Wasseroberfläche.

»Das reicht doch nie im Leben, so kommt sie nicht mit dem Kopf bis ganz nach unten«, ist sich Tim sicher. Und zu Sven gewandt: »Wollen wir wetten?«

Doch Sven nimmt die Wette nicht an, weil auch er nicht glaubt, dass die Giraffe auf diese Weise den Kopf bis ins Wasser führen kann.

»Da muss es noch einen Trick geben«, entgegnet er.

Doch den will die Giraffe den Jungen offenbar nicht verraten, denn im nächsten Augenblick hat sie sich wieder zur vollen Größe aufgerichtet und äugt nach links und rechts.

»Jetzt hat sie wohl selbst gemerkt, dass sie so nicht trinken kann«, sagt Tim.

Bernd muss lachen.

»Sie weiß schon genau, wie sie trinken kann. Aber in ihrer Trinkposition ist sie ziemlich wehrlos. Deswegen ist sie so nervös.«

Die Giraffe senkt erneut den Kopf zum Wasser.

»Jetzt spreizt sie ihre Vorderbeine!«, ruft Sven aufgeregt. »Damit kommt sie ihrem Ziel schon deutlich näher.«

»Aber ganz reicht es immer noch nicht«, stellt Tim triumphierend fest.

Doch da knickt die Giraffe ihre Vorderbeine in den Kniegelenken stark ein, und nun ist sie in der Lage, ihre Schnauze ins Wasser zu tauchen, um zu trinken.

»Super, sie hat's geschafft«, spendet Sven verbalen Beifall.
»Nach einer bequemen Trinkhaltung sieht das allerdings nicht aus.«
»Giraffen müssen sich tatsächlich richtig anstrengen, um trinken zu können«, ergänzt Bernd.

»Gilt das etwa auch, wenn sie fressen wollen?«, fragt Sven.

»Nein – zu ihrem Glück«, antwortet Bernd. »Sonst würden sie wahrscheinlich ihres Lebens nicht froh. – Ihre Mahlzeit besteht aus Blättern und Ästen, die sie mit ihren Zungen von Bäumen und Sträuchern rupfen.«

Als sich aus der Elefantenherde einige der grauen Kolosse dem Teich nähern, richtet sich die Giraffe wieder auf und räumt das Feld, indem sie auf die andere Seite wechselt. Nun steht sie mit dem Rücken zu Bernd und den Jungen. Aufmerksam schaut sie zu den Elefanten hinüber.

»Los, trau dich schon, trink weiter«, muntert Sven das Tier auf.

Als wolle sie sich nicht länger bitten lassen, schickt sich die Giraffe an, ein zweites Mal zu trinken.

Nach kurzer Zeit richtet sie sich auf, blickt gebannt zu den Elefanten hinüber, um dann wieder zu trinken.

Diese Prozedur wiederholt sich noch mehrere Male.

»Entspannt wirkt das nicht«, sagt Tim mitleidig.

In der Zwischenzeit haben sich auch eine Zebraherde und eine Oryxantilope eingefunden.

Während es den Spießbock nicht sofort zum Wasser zieht, sind die Zebras am Wasser angelangt. Einige *Zebrastreifen* trinken vom Rand aus, andere gehen in das Wasser hinein.

So viel Unruhe und Gedränge scheint der Giraffe nicht zu behagen. Sie hört auf zu trinken und wendet sich vom Wasser ab, so dass sie nun direkt in Richtung des Autos guckt.

»Irgendwie sieht sie jetzt beleidigt aus«, stellt Sven amüsiert fest.

Die Giraffe scheint tatsächlich endgültig den Spaß am Wasserloch verloren zu haben und verlässt die Szenerie.

Wie in einem Theaterstück folgt ihrem Abgang der Auftritt anderer Darsteller, nämlich eines Gnus und eines Warzenschweins.

»Das ist ja ein Kommen und Gehen hier«, äußert Sven erstaunt.

»Wenn jetzt noch Löwen kämen oder Geparden – perfekt«, sagt Tim. »Oder vielleicht doch nicht«, fügt er in Erinnerung an die Jagdszene vom Vormittag rasch hinzu.

Statt eines Löwen oder Geparden tritt unerwartet ein ganz anderer Akteur auf den Plan. Besser gesagt, er rollt herbei: Ein Reisebus mit einer Gruppe Touristen. Ohne Rücksicht auf Verluste parkt der Fahrer den Bus so, dass die Sicht der Autoinsassen zum Wasserloch weitgehend verstellt ist.

»So ein Heini!«, schimpft Sven.

»Arschloch!«, lässt Tim seinen Gefühlen drastischer freien Lauf. Auch Bernd ist erbost.

»Rücksichtsloser geht es kaum.«

»Kannst du nicht wenigstens hupen, um dem Typ zu signalisieren, was für ein Scheißkerl er ist?«, fragt Tim.

Bernd schüttelt den Kopf.

»Mit Hupen würde man die Tiere erschrecken und verscheuchen, möglicherweise sogar die Elefanten zum Angriff reizen. Auf solche Dinge sollte man hier besser verzichten.«

Bernd startet den Motor und setzt zurück. Die Sicht auf das Wasserloch bleibt immer noch ein Stück weit durch den Bus eingeschränkt, doch können sie nunmehr zumindest die links vom Teich befindlichen Elefanten sehen.

»Die sammeln sich zum Aufbruch«, sagt Bernd. »Offenbar haben sie genug getrunken, nun müssen sie sich wieder ums Fressen kümmern.«

»Vielleicht finden sie den Bus auch blöd, genau wie wir, und wollen sich nicht von all den Touris begaffen lassen«, wirft Tim ein.

Bernd schmunzelt.

»Touristen seid ihr allerdings auch.«

»Auf jeden Fall gönne ich es denen, dass sie die Elefanten nicht weiter beobachten können«, zeigt auch Sven sich schadenfroh.

Das kann Bernd gut nachempfinden, denn sein Ärger über das Verhalten des Busfahrers ist auch noch nicht völlig verraucht.

Während sich die Herde abmarschbereit macht, jagt ein Jungtier spielerisch hinter einem Impala her.

Angeführt von der Leitkuh, rücken die grauen Riesen ab.

Auch Bernd und die Jungen fahren weiter, nicht ohne noch einen bitterbösen Blick auf den Bus geworfen zu haben.

Plötzlich steht wenige Meter vor ihnen, mitten auf der Fahrspur, ein Elefant. Bernd hält an und stellt den Motor ab. Den Jungen ist ein wenig mulmig zumute. Der Koloss blickt genau in ihre Richtung.

»Die mächtigen Stoßzähne sehen aus der Nähe doch recht imposant aus«, findet Tim.

»An dem ist kein Vorbeikommen – wie eine undurchdringliche graue Wand wirkt er«, stellt Sven fest. »Ganz geheuer ist er mir nicht.«

»In so einer Situation kann man nur eines tun – die Ruhe bewahren«, sagt Bernd. »Elefanten sind grundsätzlich friedliche Tiere. Nur wenn sie bedroht werden oder verwundet sind, greifen sie an.«

»Dann müssen wir ihm da vorn also das Gefühl vermitteln, dass wir Freunde sind«, erklärt Tim.

Der Elefant pendelt mit seinem Rüssel leicht hin und her. Links und rechts des Weges sind auch noch andere Tiere aus der Herde zu sehen.

»Was ist, wenn wir von denen umzingelt werden?«, fragt Sven mit einer gewissen Besorgnis in seiner Stimme.

»Selbst dann gilt: Keine Panik«, entgegnet Bernd. »Obwohl ich zugeben muss: Eine solche Situation fände ich auch nicht toll.«

Schließlich gibt der Riese die Fahrspur frei und trollt sich nach rechts in das Buschwerk.

Bernd zündet den Motor und fährt vorsichtig weiter. Die Jungen atmen hörbar auf.

Mittagsrast

Um die Mittagszeit machen sie eine Pause an einer der ausgewiesenen und eingezäunten Plätze. Von dort haben sie einen schönen Blick auf die weiße, salzige Oberfläche der Etosha-Pfanne, auf der eine Unzahl von Tierspuren erkennbar ist. Weit draußen bewegen sich auch einige Antilopen, wahrscheinlich Springböcke.

Tim ist unterdessen in das hölzerne Toilettenhäuschen gegangen. Als er wieder herauskommt, läuft er rasch zu Bernd und Sven.

»Ich hab mich vielleicht erschrocken. Oben in der Ecke des Klos hängt eine Fledermaus.«

Auch Sven und Bernd nehmen das Tier nun in Augenschein.

»Zum Glück nur eine harmlose Fledermaus und kein blutsaugender Vampir«, lacht Bernd.

»Aber ich habe gehört, dass sich Fledermäuse im Haar festkrallen sollen«, grinst Sven zu Tim gewandt. »Da hast du wohl noch mal richtig Dusel gehabt.«

Von dem abgebrochenen Zweig eines Mopanestrauches zupfen die Jungen vor der Weiterfahrt mehrere wohlgeformte Schmetterlingsblätter ab, die sie trocknen und als Souvenir mit nach Hause nehmen wollen.

Zwei besondere Begegnungen

Seit einiger Zeit sind sie wieder *on the road.*

Plötzlich stoppt Bernd das Auto.

»Was ist los?«, fragt Tim aufgeregt, weil er nichts Außergewöhnliches bemerkt hat.

Auch Sven kann sich das Anhalten mitten auf der Piste nicht erklären.

»Schaut mal rechts aus dem Fenster, was dort genau neben unserem Auto auf der Fahrbahn liegt«, sagt Bernd geheimnisvoll.

»Da ist eine Schlange!«, rufen die Jungen wie aus einem Mund. Nun sehen sie doch noch eines der Reptilien, von denen es in Namibia viele gibt, denen man aber glücklicherweise selten begegnet.

Die Schlange ist von hellbrauner Farbe und weist ein dunkelbraunes Fleckenmuster auf. Auffallend ist der breite, dreieckige Kopf, der deutlich von dem gedrungen wirkenden Körper abgesetzt ist. Oberhalb der Augen hat sie zwei kleine Schuppenhörnchen.

»Welche Schlange ist das?«, möchte Sven wissen.

»Eine Hornviper«, antwortet Bernd.

»Ist die giftig?«, erkundigt sich Sven weiter.

»Hochgiftig, wie alle Vipern«, bestätigt Bernd. »Die Giftzähne liegen bei geschlossenem Maul quasi eingeklappt in einer Falte im Gaumen, werden beim Aufreißen des Mauls jedoch senkrecht zum Oberkiefer aufgerichtet. Das ermöglicht ein sehr tiefes Eindringen der Zähne in die Beute.«

Tim schüttelt sich bei dem Gedanken an einen Schlangenbiss.

»Aber ich glaube, die ist tot«, vermutet er. »Sie bewegt sich ja nicht.«

»Das wollen wir einmal testen.«

Bernd nimmt einen Keks, zerbricht ihn in kleine Stücke und bewirft die Schlange damit. Sofort windet sich das Reptil in blitzschnellen Bewegungen hin und her.

»Scheint doch quicklebendig zu sein«, stellt Tim fest.

»Möglicherweise ist sie aber angefahren worden, weil sie auf der Stelle liegen bleibt«, sagt Bernd.

Er startet den Motor und sie fahren weiter.

Am Nachmittag haben sie noch einmal Glück. In der Ferne sehen sie ein einzelnes Nashorn am Rande der Salzpfanne traben. Obwohl man das Tier auch mit bloßem Auge erkennen kann, schauen sie abwechselnd durch Bernds Fernglas.

»Es ist ein Spitzmaulnashorn«, erklärt Bernd. »Damit werdet ihr wenigstens ein bisschen für gestern Abend entschädigt.«

Löwen

Dann sehen sie doch noch einen Löwen. Sven hat ihn zuerst im gelben Savannengras entdeckt. Er befindet sich ein großes Stück abseits der Piste, durch die Farbe des Fells im hohen Gras kaum auszumachen.

»Hey, anhalten!«, ruft Sven Bernd zu. »Auf zehn Uhr liegt ein Löwe im Gras.«

Tim ist elektrisiert. Während Bernd das Auto stoppt, kreischt er: »Wo ist ein Löwe? Ich sehe keinen. Wo ist denn ein Löwe?«

Das klingt so theatralisch verzweifelt, dass Bernd in sich hinein schmunzelt, obwohl er gut versteht, dass Tim begierig ist, den Löwen ebenfalls zu sehen. Er selbst hat auch einige Mühe, das Tier zu orten.

Sven zeigt seinem Freund mit dem Arm die Richtung an. Endlich nickt der.

»Ich sehe ihn. Zwar ziemlich weit weg, aber man kann ihn immerhin mit dem bloßen Auge erkennen.«

»Und er hat eine mächtige Mähne«, sagt Sven ehrfürchtig.

»Wieso Mähne?«

Tim ist irritiert.

»Der hat doch keine Mähne, oder spinn ich? Es ist ein Weibchen.«

»Nein, ein Männchen mit einer riesigen Mähne«, beharrt Sven.

Tim ist schon wieder ganz aus dem Häuschen.

»Das da hinten ist doch eindeutig eine Löwin. Ich sehe den Kopf und die beiden Ohren, aber keine Mähne. – Willst du mich verarschen?«

»Nein«, entgegnet Sven empört. »Aber wenn du blind bist, kann ich es auch nicht ändern.«

Bevor Tim etwas erwidern kann, klärt Bernd die Situation. Er hat nämlich mittlerweile mit seinem Fernglas die Örtlichkeit in Augenschein genommen.

»Des Rätsels Lösung besteht darin, dass ihr unterschiedliche Löwen seht. Da hinten liegen zwei Löwen im Gras, ein männlicher und ein weiblicher.«

Jetzt sind beide Jungen aufgeregt.

Sie waren so fixiert auf *ihren* Löwen, dass ihnen der jeweils andere völlig entgangen ist.

Nun rufen sie durcheinander: »Wo ist der andere Löwe?«

»Ganz ruhig, hübsch cool bleiben, alles wird gut«, spöttelt Bernd. »Also, wenn Tim die Löwin sieht, muss er ein Stück nach rechts schauen. Und du, Sven, ein Stück nach links.«

Und dann rufen beide Jungen fast wie aus einem Mund: »Ich sehe ihn!«

Die beiden Löwen liegen mit dem Rücken zur Piste. Ihr Körper ist im Gras verborgen, doch die Köpfe halten sie erhoben.

»Wollt ihr mal durchs Fernglas gucken?«

Tim greift zuerst zu.

Doch noch ehe er das Fernglas auf seine Augen eingestellt und die Löwen wiedergefunden hat, ruft Sven erschrocken aus:

»Meine Güte, da steht ein Springbock! Bitte keine neue Jagdszene!«

Nun wird Tim nervös, weil er mit dem Fernglas nicht richtig klarkommt. Er gibt es Bernd zurück.

Die Grasfläche, auf der sich die Löwen befinden, wird von Buschwerk gesäumt. Und vor dem Buschwerk steht tatsächlich ein Springbock und starrt zu den Löwen hinüber, die wiederum die Antilope ins Auge gefasst haben.

Auch Tim hat den Springbock nun im Blick.

»Ist der bescheuert? Warum steht der denn so hypnotisiert wie das Kaninchen vor der Schlange? – Hau doch endlich ab, vielleicht ist es noch früh genug! – Ich hab auch keine Lust auf eine weitere Jagdszene.«

»Der ist wohl von allen guten Geistern verlassen«, fügt Sven konsterniert an.

Und schon kommt Bewegung in die Löwin. Die Jungen halten den Atem an.

»Jetzt geht`s los«, sagt Tim resignierend.

Aber die Löwin setzt nicht zum Spurt auf den Springbock an, sondern dreht sich auf den Rücken und streckt alle viere von sich.

»Das macht meine Katze, wenn sie gestreichelt werden will«, äußert Sven.

Der Mähnenlöwe schaut zu dem Weibchen.

Der Springbock scheint von keinerlei Interesse mehr zu sein.

Dann richtet sich die Löwin auf. Mit abgespreiztem Schwanz steht sie nun vor dem Löwen. Während der sich erhebt, legt sich die Löwin wieder ins Gras, wobei sie sich mit den Vorderläufen abstützt. Der Löwe befindet sich nun hinter dem Weibchen, hockt sich hin und besteigt die Löwin.

Bernd und die Jungen sehen nur noch den Löwen, die Löwin ist völlig verdeckt.

Nach weniger als einer Minute lässt der König der Tiere von dem Weibchen ab, entfernt sich ein paar Meter und legt sich wieder ins Gras.

Der Springbock befindet sich noch immer in Reichweite und schaut neugierig zu den Löwen herüber.

»Und er hat sich genau alles angesehen, dieser Spanner«, merkt Tim an.

Bernd prustet vor Lachen.

»Dann sind wir drei natürlich auch Spanner, denn zugeschaut haben wir auch.«

»Aber der Springbock ist viel näher an den Löwen dran als wir und er hat außerdem alles von vorne gesehen«, gibt Tim zu bedenken.

Bernd muss erneut lachen.

»Ob er aber so viel mehr gesehen hat...« Dann fügt er wieder ernsthaft hinzu: »So eine Löwenpaarung ist ein sich über vier Tage hinziehendes Ereignis, bei dem jede halbe Stunde der Liebesakt vollzogen wird.«

»Dann spielt sich in einer halben Stunde also das Gleiche wieder ab?«, fragt Tim.

»So ist es«, antwortet Bernd. »Aber wir werden so lange nicht mehr warten, denn allmählich setzt die Dämmerung ein, und dann müssen wir aus Etosha raus sein.«

Ein ereignisreicher Tag geht zu Ende

Bevor sie den Etosha-Nationalpark verlassen haben, laufen ihnen noch ein paar eigenartig aussehende Tiere über den Weg. Sie sind etwa fuchsgroß, haben ein graubraunes, struppiges Fell, einen buschigen Schwanz, ein kleines Gesicht mit einer spitzen Schnauze und – als auffälligstes Merkmal – enorm große Ohren. Auch einige Jungtiere sind dabei.

»Was sind denn das für drollige Kerlchen?«, fragt Sven.
»Löffelhunde«, erwidert Bernd.
»Sind die gefährlich?«, erkundigt sich Tim.

Bernd schüttelt den Kopf.

»Sie fressen Termiten, sonstige Insekten, Reptilien und manchmal auch Feldfrüchte. Haustiere wie Hühner oder Lämmer sind vor ihnen jedoch sicher – Menschen natürlich auch«, fügt er schmunzelnd hinzu.

»Ich finde die knuffig«, bekräftigt Sven.

Abends im Bett unterhalten sich Sven und Tim noch lange voller Begeisterung über ihre Erlebnisse und Beobachtungen im Etosha-Nationalpark.

Nicht nur vier der Big Five, Elefanten, Nashorn, Löwen und Leopard, sondern auch eine Menge anderer Tiere haben sie gesehen.

Diese rufen sie sich gegenseitig noch einmal ins Gedächtnis: Springböcke, Zebras, Gnus, Perlhühner, Oryx-Antilopen, Impalas, Kudus, Warzenschweine, Giraffen, Geier, Marabu, Hornviper, Fuchs- und Zebramangusten, Pferde- und Kuhantilopen, Riesentrappen, Strauße, Sekretär, Hyänen, Löffelhunde, Gabelracke, Dik-Dik, Steinböckchen, Gelb- und Rotschnabeltokos, Graulärmvögel, Glanzstare, Spitzmaulnashorn, Trauerdrongo, Blaukraniche...

»Nicht zu vergessen die Fledermaus im Klohäuschen«, frotzelt Sven.

Die Auflistung der Tiere hat auf ihn die Wirkung wie Schafe zählen, was er als Kind öfter gemacht hat, um einzuschlafen.

Deshalb sagt er seinem Freund »Gute Nacht« und fügt hinzu: »Träum was Schönes, am besten von einem Vampir, der sich in deinen Haaren festkrallt und dein Blut saugt.«

»Du bist blöd«, murmelt Tim, schon halb im Schlaf.

Dem Ende der Reise entgegen

»Ich glaube, die beiden Tage im Etosha-Nationalpark können nicht mehr getoppt werden«, sagt Sven beim Frühstück.

»Auf gar keinen Fall. Das war einfach mega-, mega-, mega-geil«, pflichtet Tim bei.

»Allzu viel Zeit bleibt auch gar nicht mehr, um noch etwas zu toppen«, entgegnet Bernd. »Morgen geht es für euch zwei nach Hause zurück.«

Die Jungen schauen sich verdutzt an.

»Ach du große Scheiße«, rutscht es Tim heraus.

Sven schaut ebenfalls bedröppelt drein.

»Ewig kann die tollste Urlaubsreise nicht dauern«, tröstet Bernd. »Und wenn ihr in den vergangenen zwei Tagen euer persönliches Highlight erlebt habt, was mich freut, müsst ihr ja auch nicht traurig sein. Ihr wisst: Man soll aufhören, wenn es am schönsten ist. Und das kann durchaus auch für eine Urlaubsreise gelten. – Aber ich bin zuversichtlich, dass euch die noch vor uns liegenden zwei Tage ebenfalls einiges zu bieten haben.«

Am Otjikotosee

Um 8.00 Uhr brechen sie in Richtung Tsumeb auf. Gut eine Stunde später hält Bernd an einem weißen Schild, auf dem *Otjikoto Lake* steht. Neben dem Schild ist eine Holzskulptur aufgestellt.

»Sieht aus wie ein Totempfahl«, sagt Tim.

Die Skulptur besteht aus dem unteren Teil eines Baumstamms, der sich in knapp zwei Metern Höhe gabelt. Während in dem dicken einheitlichen Stamm ein großer Kopf geschnitzt ist, zieren die beiden Verästelungen fünf weitere, kleinere Köpfe, von denen einer eine Pfeife im Mund hat. Vor der Skulptur sitzen vier Kinder und unterhalten sich.

Am Eingang zum See liegt in einem Gehege ein Warzen-schwein.

Ebenfalls im Eingangsbereich zieren große, farbenprächtige Wandgemälde die Mauern. Eines zeigt eine Löwenfamilie und eine Giraffe, auf einem anderen ist ein großer grauer Elefant zu sehen, auf einem dritten mehrere San in ihrer natürlichen Umgebung mit Straußeneiern.

Der Mann, der den Eintritt kassiert, ist ebenfalls ein San.

»Hier muss man ja für alles bezahlen«, bemerkt Tim.

»Zum einen muss auch alles gepflegt und unterhalten werden, und zum anderen ist der Tourismus eine wichtige Einnahmequel-le«, entgegnet Bernd. »Und wie ihr selbst festgestellt habt, ist der Lebenszuschnitt der hiesigen Bevölkerung nicht gerade üppig.«

Als sie dann an dem fast kreisrunden See stehen und auf dessen blaugrün schimmerndes Wasser herabblicken, sind die Jungen enttäuscht.

»Sieht aus wie ein Baggersee – wenig spektakulär«, sagt Sven.

»Ich kann auch nichts Besonderes entdecken«, mault Tim.

Bernd grinst.

»Das Besondere an diesem See könnt ihr nicht sehen. Es besteht darin, dass er geheimnisumwittert ist. An einigen Stellen ist er bis zu 120 Metern tief, doch konnte seine absolute Tiefe bis heute nicht exakt bestimmt werden. Der Legende nach soll er sogar unendlich tief sein, mit einem alles herabziehenden Strudel in der Mitte, bevölkert von Ungeheuern und aggressiven Fischen. Sein Wasser soll verzaubert sein, und auch von versunkenen Schätzen ist die Rede. Entstanden ist er aus einer ehemaligen Höhle, deren Decke eingestürzt ist. – Aber es gibt noch etwas Erwähnenswertes, was uns wieder zurück in die Kolonialzeit führt. Im Jahr 1915 hat die kaiserliche Schutztruppe vor ihrer Kapitulation hier Waffen, insbesondere Kanonen und Munition, versenkt, damit diese nicht den südafrikanischen Unionstruppen in die Hände fielen.«

Bevor sie gehen, deutet Bernd auf eine fest installierte Dampf-pumpe: »Dies ist das Überbleibsel einer Pumpstation, die 1907 in Betrieb genommen wurde, um über eine Hochdruckleitung täglich Wasser nach Tsumeb zu liefern. Das Wasser wurde für den Betrieb der dortigen Kupferminen benötigt.«

An Tsumeb mit dem weithin sichtbaren Förderturm der alten Kupfermine fahren sie ohne Stopp vorbei. Bernd erwähnt ledig-lich das dortige Heimatmuseum, das die Anfänge des Bergbaus in Tsumeb dokumentiere. Außerdem seien dort einige der Waffen zu sehen, die die Deutschen im Otjikotosee versenkt hätten und die später geborgen worden seien.

Otjiwarongo

Gegen Mittag erreichen sie Otjiwarongo. Bei einem Rundgang durch die Stadt entdecken die Jungen ein Hinweisschild *Crocodile Ranch*.

»Können wir da mal hin?«, fragt Tim.

Doch Bernd schüttelt den Kopf.

»Lasst uns lieber eine Kleinigkeit essen und dann einen Abstecher zum Markt machen. Dort könnt ihr noch einmal ursprüngliche afrikanische Atmosphäre erleben.«

Der Markt ist tatsächlich sehenswert. Herero-Frauen in ihren bunten Trachten, Marktstände, an denen Obst und Gemüse verkauft wird, und kleine Läden. Die Jungen schauen interessiert in einen

Friseursalon, klein wie eine Streichholzschachtel, in dem sich ein Kunde gerade die Haare schneiden lässt.

Eine letzte Safari

Am Nachmittag erreichen sie die Lodge, die ihr letztes Übernachtungsquartier in Namibia sein wird.

Kaum haben sie einen Blick in ihre Zimmer geworfen, startet bereits eine Rundfahrt im offenen Geländewagen.

Sie sehen Erdhörnchen, Gnus und eine Herde Wasserböcke. In einem Baum sitzen fünf Geier.

Sven läuft beim Anblick der großen, düster wirkenden Vögel ein Schauer über den Rücken, wird er doch an die kreisenden Geier im Etosha-Nationalpark erinnert. Auch Tim atmet hörbar auf, als sie den ›Geierbaum‹, wie er ihn nennt, hinter sich gelassen haben.

Entspannter ist es für sie, einen Adler zu beobachten, der sich plötzlich von seinem Aussichtsplatz auf einem Baum löst und ein paar Meter vor dem Fahrzeug über den schmalen Weg gleitet, um dann nach rechts zwischen den Bäumen aus ihrem Blickfeld zu verschwinden.

»Der hatte ja eine riesige Flügelspannweite«, sagt Tim beeindruckt.

Der schwarze Fahrer schaut intensiv nach Spuren aus, die ihm Aufschluss über den Standort jener Tiere geben können, die er den Gästen gerne präsentieren möchte. Zu diesen Spuren zählen auch Kothaufen, die er – wie die beiden Freunde etwas angewidert registrieren – mit der Hand berührt, um festzustellen, wie frisch sie sind.

Scheinbar kreuz und quer fährt er durch die Botanik und biegt auf schmale Pfade ein, so dass Bernd und die Jungen die Köpfe rasch einziehen müssen, damit ihnen die Äste von Sträuchern und Bäumen nicht ins Gesicht schlagen.

Und dann, auf einer kleinen Lichtung, stehen äsend zwei graue Kolosse vor ihnen.

Vorsichtig fährt der Fahrer noch ein Stück näher an die Riesen heran. Die nehmen kaum Notiz von ihnen.

»Verdammte Hacke, so gewaltig hätte ich mir die beim besten Willen nicht vorgestellt!«, ruft Tim überwältigt aus. »Schon das Kleine ist ja ein richtiger Brocken.«

Das *Kleine* ist ein Nashornjunges, das mit seiner Mutter gemeinsam die vegetarische Mahlzeit einnimmt.

»Im Gegensatz zu dem Nashorn, das wir in Etosha gesehen haben, handelt es sich bei diesen beiden um Breitmaulnashörner«, erklärt Bernd den staunenden Jungen. »Das Breitmaulnashorn wird auch Weißes Nashorn genannt.«

»Aber es ist doch ganz offensichtlich grau«, wendet Sven ein.

»Das lässt sich nun wirklich nicht bestreiten«, grinst Bernd. »Wahrscheinlich beruht der Name auf einer falschen Übersetzung von *wyde*, was in Afrikaans *breit* bedeutet, ins Englische *white*. Konsequenterweise hat man dann das Spitzmaulnashorn Schwarzes Nashorn genannt, obwohl es natürlich ebenfalls grau ist.«

»Eine einleuchtende Erklärung«, stellt Sven fest. »Nashörner gehören doch zu den berühmten Big Five. Welches Nashorn ist denn gefährlicher, das Schwarze oder das Weiße?«

»Als aggressiver gilt das Spitzmaulnashorn, obwohl es nicht so massig ist wie das Breitmaulnashorn«, antwortet Bernd.

Unterdessen hat sich Tim im Fahrzeug hingestellt, schnippt mit den Fingern und ruft halblaut »Hallo du!«, um das Nashornjunge dazu zu bewegen, einmal direkt in ihre Richtung zu schauen.

Bernd dreht sich gleichzeitig mit dem Fahrer zu Tim um; beide Männer bedeuten ihm energisch, sofort ruhig zu sein und sich wieder zu setzen.

»So etwas solltest du nun wirklich nicht machen.«

Bernd ist sichtlich bemüht, seine Verärgerung im Zaum zu halten. »Nashörner besitzen ein schlechtes Sehvermögen, können aber verdammt gut riechen und hören. Wenn sie Gefahr wittern, geraten sie in Rage und greifen sofort an. Dann hat man äußerst schlechte Karten. Immerhin erreichen sie eine Geschwindigkeit von 40 km/h.«

Tim hat kleinlaut wieder Platz genommen.

»Tschuldigung«, murmelt er zerknirscht. »War mir nicht bewusst, dass das gefährlich ist, was ich gemacht habe.«

»Nun weißt du es und wirst dich daran halten«, sagt Bernd in versöhnlichem Tonfall.

Ihm ist klar, dass Tim die Tiere nicht provozieren wollte. Deshalb fügt er besänftigend hinzu:

»Ein Nashornjunges ist nun mal kein Lämmchen, und eine Nashornmama kein Schaf. Umso mehr Vorsicht ist geboten.

Wenn die Mutter ihr Junges in Gefahr wähnt, kann sie zur Furie werden.«

Tim ist erleichtert, dass Bernd nicht mehr verärgert zu sein scheint, und nickt einsichtig.

»Die beiden Hörner sind übrigens Hautauswüchse und bestehen aus fest verbundenem, steifem Haar. Das Horn ist den Tieren zum Verhängnis geworden, denn seinetwegen sind sie fast ausgerottet worden. Vor allem in Fernost gilt es als Medizin und als potenzsteigernd, wie ich euch bereits in Swakopmund erzählt habe. Ein Geschäft mit fatalen Folgen für diese Tiere.«

»Seht mal, jetzt gucken beide genau in unsere Richtung«, wirft Sven ein. »Genau so, wie Tim es sich gewünscht hatte.«

Tatsächlich haben die Nashörner kurzzeitig die Köpfe erhoben und schauen in ihre Richtung. Nunmehr lässt sich gut das breite, fast rechteckige Maul erkennen. Im nächsten Augenblick senken sie jedoch wieder die Köpfe und setzen ihre Mahlzeit fort.

»Obwohl es nicht gerade klein ist, hat das Nashornjunge noch etwas Kindliches«, bemerkt Sven. »Das liegt nicht nur an der im Vergleich zu seiner Mutter geringeren Körpergröße.«

»Ich glaube, dieser Eindruck entsteht deshalb, weil seine Falten wie Babyspeck wirken und seine Hörner noch so winzig sind«, ergänzt Tim.

Mit einem Mal, wie auf ein unsichtbares Kommando, entfernen sich die Tiere in den rückwärtigen Bereich der Lichtung, wobei die Mutter hinter ihrem Kind herläuft.

»Das ist eine Besonderheit der Breitmaulnashörner«, erläutert Bernd, »dass das Junge immer vor der Mutter läuft.«

»Ist das denn beim Spitzmaulnashorn anders?«, möchte Sven wissen.

»Da laufen die Kleinen neben bzw. hinter den Müttern her.«

Mittlerweile sind die Nashörner nicht mehr zu sehen.

Sie fahren weiter und halten nach einer Weile neben einem eingezäunten Gelände.

Der Fahrer holt aus dem Wagen mehrere große Brocken rohen
Fleisches und wirft sie über den Zaun.

Es dauert nicht lange, und zwei schlanke Katzen mit kleinem
Kopf und beigem Fell, das von schwarzen Flecken übersät ist,
kommen auf langen Beinen angelaufen. Auffällig sind die schwarzen Streifen, die sich von den inneren Augen- bis zu den Mund-
winkeln ziehen.

»Geparden!«, ruft Tim enthusiastisch aus.

»Dann bekommst du deine geliebten Kuscheltiere ja doch noch
zu Gesicht«, frotzelt Sven.

Bernd steht bereits am Zaun und grinst breit.

»Geduld zahlt sich eben aus. Das gilt für den Sport wie für viele
andere Lebensbereiche. Erst recht für jemanden, der auszieht, um

Tiere in freier Wildbahn zu beobachten. Da wir in Etosha keine Geparden gesehen haben, ist es doch ein schöner Abschluss, jetzt dieser Fütterung beizuwohnen.«

Aber die Jungen hören kaum noch zu. Gebannt blicken sie durch den Maschendraht und beobachten, wie sich die Geparden spielerisch um das Fleisch streiten. Jetzt kommen sie noch einmal voll auf ihre Kosten.

Danach hält die beginnende Dämmerung für sie ein letztes Mal einen dieser überwältigenden afrikanischen Sonnenuntergänge bereit.

Dazu gibt es Apfelschorle und Chips.

Nach dem Abendessen auf der Lodge bleiben sie am Tisch sitzen.

Bernd möchte gerne wissen, wie sie die Reise insgesamt gefunden haben.

»Ich fand die Reise – einfach nur geil«, sagt Tim.

»Mir hat sie auch super Spaß gemacht«, fügt Sven an. »Und du warst ein toller Reiseführer.«

Bernd verbeugt sich scherzhaft.

»Danke fürs Kompliment.«

Auf seine Frage, was ihnen denn am besten gefallen habe, antwortet Sven spontan:

»Der Etosha-Nationalpark und der Besuch bei den Himba.«

Für Tim ist es natürlich auch Etosha, gefolgt von den Dünenbesteigungen im Sossus- und Deadvlei.

»Den Besuch im Himba-Dorf fand ich allerdings auch nicht schlecht«, setzt er hinzu.

Was er verschweigt ist die Tatsache, dass ihn die vielen halbnackten Himbafrauen doch ziemlich irritiert haben.

Der letzte Tag in Afrika

Am nächsten Morgen kommt Tim aufgeregt von einem kleinen Spaziergang um die Bungalows zurück. Sven hat gerade geduscht, als sein Freund auf ihn zustürmt.

»Komm mal mit, da vorne, mitten in der Gartenanlage, steht eine Giraffe! – Ich hab mich so was von erschrocken.«

Sven schlüpft rasch in T-Shirt und Hose und läuft neben seinem Freund nach draußen.

Tatsächlich, direkt neben dem letzten Bungalow steht friedlich eines dieser bemerkenswerten Tiere und blickt neugierig zu ihnen herüber.

Gestern haben sie das Tier nicht bemerkt. Sie nähern sich der Giraffe bis auf wenige Schritte, ohne dass die sich stören lässt.

»So aus unmittelbarer Nähe ist eine Giraffe ganz schön respekteinflößend«, stellt Sven fest.

Als sie beim Frühstück Bernd von dieser Begegnung erzählen, muss der schallend lachen. »Das ist Oskar, die Hausgiraffe.«

Die Jungen sind verblüfft.

»Giraffen als Haustiere – so was gibt es wohl nur in Afrika«, bringt es Tim auf den Punkt.

Als sie im Auto sitzen, schweigen die Jungen. Um sie aufzumuntern, sagt Bernd betont fröhlich:

»Auf zur letzten Etappe.«

Aber das kann die gedrückte Stimmung der beiden Freunde nicht heben. Ihnen wird immer mehr bewusst, dass heute ihr Abschied von Afrika ist.

In Okahandja

Als sie Okahandja erreichen, sagt Bernd:
»Diese kleine Stadt ist das Stammeszentrum der Herero. Für die Herero hat Okahandja eine große kulturelle und geschichtliche Bedeutung. Hier begann 1904 ihr Aufstand gegen die Deutschen.«

Zunächst besuchen sie den Holzschnitzermarkt, der sich am nördlichen Ortseingang längs der Straße erstreckt. Dort gibt es Holzschnitzereien in sämtlichen Größen. Auch anderes Kunsthandwerk wird angeboten.

Den Jungen behagt allerdings nicht, dass sie in Windeseile von einer Händlertraube umringt sind. Jeder versucht in zum Teil aufdringlicher Art, sie zum Kauf seiner Produkte zu bewegen. Manchmal werden sie auch mit sanfter Gewalt in einen der zeltartigen Verkaufsstände hineingedrängt. Sobald sie sich eines der hölzernen Tiere, Masken oder Gebrauchsgegenstände näher ansehen, wird ihnen sogleich die Frage *»what price?«* gestellt. Der Verkäufer ritzt dann Zahlen auf seinen Unterarm und fragt: *»Good price?«*

Schütteln die Jungen den Kopf, weil sie gar nichts kaufen wollen, ritzt der Verkäufer eine niedrigere Summe auf seinen Unterarm, drückt ihnen den betreffenden Gegenstand in die Hand und erwartet Geld.

Derart genötigt, kann nur Bernd sie aus dieser misslichen Situation befreien. Der sieht ihnen ihr Unbehagen an.

»Dies ist eben ein ganz auf Touristen ausgerichteter Markt. Im Moment scheinen wir die einzigen Besucher zu sein. Deswegen werden wir so massiv umlagert. Die Holzschnitzer, die hier ihre Waren feilbieten, kommen hauptsächlich aus Okavango und den nördlichen Nachbarländern Namibias und sind teilweise bitterarm. – Wir sollten jetzt besser zum Auto zurückgehen. Zumal es auch nicht ratsam ist, gerade hier den Wagen lange unbeaufsichtigt zu lassen.«

Als Nächstes parkt Bernd das Auto in Sichtweite einer Kirche.

»Dies ist die 1876 fertiggestellte Kirche der Rheinischen Missionsgesellschaft. Sie wurde zum Nationaldenkmal erklärt. Gottesdienste finden hier aber nicht mehr statt.«

»Und da ist ein Friedhof.« Tim deutet auf die Gräber neben der Kirche.

»Schaut euch die Gräber einmal an«, fordert Bernd die Jungen auf. »Dann seht ihr, dass wir gegen Ende unserer Reise thematisch zu ihrem Anfang zurückgekehrt sind, nämlich zur Kolonialzeit.«

Sven und Tim gehen über den Friedhof. Auf den Grabsteinen lesen sie Inschriften wie ›Hier ruht Reiter …‹ oder ›Hier ruht Lokomotivführer …‹ oder ›Hier ruht Unteroffizier …‹. Die Todesjahre sind 1904 oder 1905.

»Hier liegen Soldaten der deutschen Schutztruppe begraben«, stellt Sven fest.

»Schaut mal, die sehen aber prachtvoll aus!«, ruft Tim und zeigt auf Gräber mit großen, schön gestalteten Marmorgrabsteinen, die zum Teil von schmiedeeisernen Gittern eingefasst sind.

»Das sind Hererogräber«, sagt Bernd. »Auch auf der gegenüberliegenden Straßenseite, neben der dortigen Friedenskirche, gibt es Gräber. Dort ruht Jonker Afrikaner, ein bedeutender Nama-Führer. Daneben sind die Gräber zweier Herero-Häuptlinge, von denen einer Hosea Kutako ist, nach dem der Flughafen in Windhoek benannt ist. Das Besondere hieran ist, dass sich Nama und Herero über Jahre erbittert bekämpft haben. Somit ist dies ein Zeichen für die Verbrüderung einer Nation, die aus Menschen so unterschiedlichen Ursprungs besteht.«

Ein Stück weiter, aber etwas abseits der Straße, befinden sich die Grabstätten der berühmtesten Herero-Häuptlinge Maharero und seines Sohnes Samuel Maharero.

»Samuel Maharero war derjenige Herero-Führer, der sein Volk nach der vernichtenden Schlacht am Waterberg durch die Omaheke geführt hat«, erläutert Bernd. »Er starb 1923 im Exil im heutigen Botswana, das damals Betschuanaland hieß. Die Trauerfeierlichkeiten anlässlich seines Begräbnisses stellten den Auftakt zum Herero-Tag dar, der alljährlich am letzten Wochenende im August stattfindet. Dieser sogenannte Ahnengedenktag ist ein bedeutendes religiöses Fest der Herero, das die Verbundenheit mit ihren Vorfahren und somit die Einheit ihres Volkes symbolisiert.«

Anschließend kehren sie Okahandja endgültig den Rücken.

Abschied

Und dann tritt ein, wovor die Jungen sich bereits seit dem Morgen gefürchtet haben. Sie haben den Hosea Kutako-Flughafen erreicht.

Vor dem Flughafengebäude steht mit suchendem Blick eine schlanke Frau; brünette Locken umspielen ihr schmales Gesicht. Als sie die drei entdeckt hat, läuft sie auf Bernd zu und fällt ihm mit einem Freudenschrei um den Hals.

Nach einer innigen Umarmung der beiden blickt die Frau die Jungen an, und Bernd sagt mit überschwänglichem Pathos: »Darf ich bekannt machen? – Das ist Claudia, meine Lebensgefährtin, und dies sind Sven und Tim, meine Reisegefährten.«

Claudia reicht den Jungen die Hand und lächelt sie freundlich an.

»Wir begleiten euch noch, bis ihr euer Gepäck losgeworden seid«, schlägt Bernd vor.

Als sie zum Abflugschalter gehen, raunt Tim seinem Freund zu: »Hör mal, was Claudia summt.«

Sven glaubt seinen Ohren nicht zu trauen.

»Das ist *Dock of the Bay*. – Gratuliere, du hattest doch wohl den richtigen Riecher – bis auf ihren Namen.«

Tim strahlt. Jetzt fühlt er sich glatt als Detektiv, der erfolgreich einen schwierigen Fall gelöst hat.

Die Verabschiedung von Bernd ist kurz, aber herzlich.

»Bleibt so, wie ihr seid. Es war eine prima Zeit mit euch«, sagt er.

Sven und Tim bedanken sich für seine Führung und die Geduld, die er mit ihnen aufgebracht hat.

Dann stehen sie etwas unschlüssig da.

Claudia kommt ihnen zu Hilfe. Sie hakt sich bei Bernd unter, wendet sich zum Gehen und ruft den Jungen zu:

»Vielleicht auf ein Wiedersehen in Namibia!«

»Gerne!«, rufen die zurück und winken Bernd und Claudia hinterher, bis diese das Flughafengebäude verlassen haben.

Zurück in Deutschland

»Man merkt, dass wir wieder in Deutschland sind«, sagt Sven, als sich die A340-300 im Landeanflug auf den Flughafen Frankfurt/Main befindet. »Sogleich beginnt es zu regnen.«

»Scheiße, das gießt ja wie aus Eimern. Ich bin schon ganz nass!«, ruft Tim, springt auf und klettert so schnell er kann aus dem Baumhaus.

Sven folgt ihm. Die Jungen haben gar nicht bemerkt, dass sich der Himmel bereits seit einiger Zeit mit dunklen Gewitterwolken bezogen hat. Als sie gerade im Haus angekommen sind, zuckt ein Blitz, und kurz danach kracht ein ohrenbetäubender Donnerschlag.

»Ich dachte schon, ihr wolltet gar nicht mehr aus dem Baumhaus kommen«, empfängt sie Tims Mutter.

Und zu Sven gewandt: »Ich fahr dich jetzt nach Hause, bevor sich deine Eltern noch Sorgen machen.«

Tim lässt es sich nicht nehmen, mitzukommen. Und so endet die Reise für die Freunde mit einer echten Autofahrt – auch wenn die erheblich kürzer ist als ihre imaginierten Fahrten durch die unendlichen Weiten Namibias.

Wie es weiterging

Zu Tims Geburtstag schenkt ihm Sven eine blaue Keramiktasse mit einer eingebrannten Giraffe.

»Ist die aus Afrika?«, fragt Tim.

Sven schüttelt den Kopf. »Nein, die habe ich in einem Geschäft gefunden, das selbst hergestellte Töpferware verkauft. Also ›made in Germany‹.«

»Macht nichts«, entgegnet Tim, »find ich trotzdem klasse. Sieht echt afrikanisch aus mit der Giraffe drauf. Weißt du, wie ich die Giraffe nennen werde?«

»Ich kann es mir denken«, antwortet Sven. »Ich tippe auf Oskar.«

»Genau, Oskar ist jetzt meine Hausgiraffe.«

»Übrigens, mein Onkel will seinen nächsten Urlaub wieder in Afrika verbringen.«

»Wieder in Namibia?«

»Nicht ausschließlich. Er will über den Caprivi-Zipfel nach Botswana, dort den Chobe-Nationalpark besuchen und dann weiter nach Simbabwe, zu den Viktoria-Fällen.«

»Klingt ja echt spannend.«

»Vor allem gibt es dort auch Krokodile und Flusspferde.«

»Kann er uns nicht mitnehmen?«

Sven muss lachen.

»Schlag ihm das mal vor. – Mal gucken, wie er reagiert.«

»Lieber nicht.«

Tim überlegt eine Weile.

»Aber seine Fotos und Erzählungen können die Grundlage für unsere nächste Fantasiereise werden.«

»Habe nichts dagegen einzuwenden«, erwidert Sven.

Schon im Gehen, dreht er sich noch einmal um.

»Ach ja, hätte ich beinahe vergessen. Onkel Bernd hat auch noch ein Geburtstagsgeschenk für dich.«

»Da bin ich aber neugierig. Was ist es denn?«

»Er will mit mir am Sonntag in den Zoo. Und weil du Geburtstag hast und außerdem mein bester Freund bist, darfst du mitkommen. – Dann können wir einige der Tiere unserer Fantasiereise in echt sehen.«

Tim ist begeistert.

»Das ist ja gei... großartig!«, ruft er und blinzelt zu seiner Mutter hinüber, die gerade im Flur aufgetaucht ist. *»Du und Papa habt doch nichts dagegen, wenn ich am Sonntag zusammen mit Sven und seinem Onkel Bernd in den Zoo fahre, oder?«*

Seine Mutter lächelt.

»Was sollten wir einzuwenden haben?«

Übersichtskarte
Namibia

Orte
Straßen
Naturschutpark

1 Okaukuejo
2 Halali
3 Namutoni
4 Otjikotosee
5 Fingerklippe
6 Mondlandschaft
7 Brandberg Massiv
  und Weiße Dame
8 Cape Cross
  Robbenkolonie
9 Sossusvlei und
  Sessriem Canyon
10 Schloss Duwisib
11 Köcherbaumwald
12 Fishriver Canyon

Auge in Auge

**Oryx-Antilope
Das Wappentier Namibias**

Straußenweibchen

Giraffe im Etosha-Nationalpark

Seehundkolonie am Cape Cross

Himba-Mädchen im Gespräch

Sonnenaufgang im
Namib-Naukluft Nationalpark

Im Sossusvlei

Aufstellung der verwendeten Literatur

Livia und Peter Pack, Namibia, Stefan Loose Travel Handbuch, Du Mont Reiseverlag, Ostfildern, 3. Auflage 2007

Friedrich Köthe/Daniela Schetar, Namibia, Reise Know-How Verlag, Markgröningen, 4. aktualisierte Auflage 2004

Heinrich Dannenberg, Namibia, Nelles Verlag, München 2008

Thomas Barlow/Winfried Wisniewski, Südliches Afrika, Natur Reiseführer, Franckh-Kosmos Verlag 1998

Friedrich H. Köthe/Elisabeth Petersen/Daniela Schetar, Südliches Afrika, Vista Point Verlag, Köln, 4. Auflage 2007

Baedeker Reiseführer Namibia, Karl Baedeker Verlag, Ostfildern, 4. Auflage 2006

Marco Polo Reiseführer Namibia, Mairs Geographischer Verlag, Ostfildern, 5. aktualisierte Auflage 2003

Daniela Schetar/Friedrich Köthe, Namibia, Polyglott on tour, Polyglott Verlag, München 2009

Johan S. Malan, Die Völker Namibias, Klaus Hess Verlag, Göttingen/Windhoek, 3. Auflage 2005

Bodo Bondzio/Bernd Wiese/Jürgen Kempf, Namibia, C.J. Bucher Verlag, München 2003

Klaus G. Förg, Himba, Namibias ockerrotes Volk, Rosenheimer Verlagshaus, Rosenheim 2004

Klaus G. Förg, Traumreise durch Namibia, Rosenheimer Verlagshaus, Rosenheim 2008

Anthony Bannister/David Lewis-Williams, Bushmen, A Changing Way Of Life, Struik Publishers, Cape Town (South Africa) 1991

Daniela Schetar, Südliches Afrika, Wolfgang Kunth Verlag, München 2005

Michael Martin, Die Wüsten der Erde, Frederking&Thaler, München 2004

Heidrun Brockmann, Südafrika und seine Provinzen mit Namibia, KOMET Verlag, Köln (ohne Jahresangabe)

Grzimeks Tierleben, Deutscher Taschenbuch Verlag, München 1979

Darüber hinaus lesenswert:

Reiner Kunze, Steine und Lieder, Namibische Notizen und Fotos, S. Fischer Verlag, Frankfurt am Main 1996

Carmen Rohrbach, Namibia, Abenteuerliche Begegnungen mit Menschen, Landschaften und Tieren, National Geographic, Frederking&Thaler, München 2007

Dieter Kreutzkamp, Spurensuche in Namibia, National Geographic, Frederking&Thaler, München, 3. Auflage 2005

Detlev Henschel, Namibias vergessene Welt, Der Brandberg, Delius Klasing Verlag, Bielefeld 2006

Toubab Pippa, Hg., Von der Bosheit im Herzen der Menschen, Hendrik Witbooi und die schwarz-weiße Geschichte Namibias, Der Grüne Zweig 246, Löhrbach (ohne Jahresangabe)

Brami Andreae, Die afrikanische Herausforderung, Das Wirken dreier Generationen einer deutschen Familie, Namibia Book Marketing, Windhoek (Namibia) 1999

Uwe Timm, Morenga, *Roman*, Deutscher Taschenbuch Verlag, München, 7. Auflage 2007

Gerhard Seyfried, Herero, *Roman*, Aufbau Taschenbuch Verlag, Berlin 2004

A.E. Johann, Südwest, Ein afrikanischer Traum, *Roman*, Weltbild, Augsburg 2011

Heinz G. Konsalik, Wie ein Hauch von Zauberblüten, *Roman*, Portobello Verlag, München 2005

Tommy Jaud, Hummeldumm, *Roman*, Scherz Verlag, Frankfurt am Main, 3. Auflage 2010

Bernhard Jaumann, Die Stunde des Schakals, Thriller, Rowohlt Taschenbuch Verlag, Reinbek bei Hamburg, 3. Auflage 2014

Bernhard Jaumann, Steinland, Kriminalroman, Rowohlt Taschenbuch Verlag, Reinbek bei Hamburg, Oktober 2013

Eine Liste der im Text erwähnten Bücher

Stefanie-Lahya Aukongo, Kalungas Kind, Wie die DDR mein Leben rettete, Rowohlt Taschenbuch Verlag, Reinbek bei Hamburg 2009

Margarete von Eckenbrecher, Was Afrika mir gab und nahm, Erlebnisse einer deutschen Frau in Südwestafrika 1902 – 1936, Verlag von E.S. Mittler&Sohn, Berlin 1940, Neudruck herausgegeben von Peter´s Antiques, Swakopmund (Namibia), 6. Auflage 2007

Lucia Engombe, Kind Nr. 95, Meine deutsch-afrikanische Odyssee, Ullstein Verlag, Berlin 2004

Giselher W. Hoffmann, Die Erstgeborenen, Unionsverlag, Zürich 1994

Henno Martin, Wenn es Krieg gibt, gehen wir in die Wüste, Eine Robinsonade in der Namib, Verlag der Namibia Wissenschaftlichen Gesellschaft, Windhoek (Namibia), Neuauflage 2006

Best of Rose Rigden, Wildside III, Footloose Enterprises Ltd, Hamilton (New Zealand)

Peter Stark, Der weiße Buschmann Peter Stark, Vom Wilderer zum Wildhüter, Kuiseb Verlag, Windhoek (Namibia), 6. Auflage 2007